Für Iras,

... was bleibt, ist die Erinnerung

Inhalt

Vorwort

»Warum tust du das eigentlich?«, wurde ich vor wenigen Tagen wieder einmal gefragt. »Selbst hast du doch nichts davon? Oder?

Müsstest du nicht auch, wenigstens etwas, von der ganzen Arbeit profitieren?«

»Warum setzt du dich für Tiere ein? Du könntest dich genauso gut für Kinder stark machen. Sie brauchen doch auch Hilfe!«, wollte man circa 30 Minuten später von mir wissen.

»Meinst du, du würdest von irgendjemanden irgendeinen Dank für deinen Einsatz bekommen?«, meinte schließlich ein weiterer sich zum Thema äußern zu müssen.

»Na ja, du musst es ja wissen. Ich habe halt nie sehr viel mit Tieren zu tun gehabt. Wahrscheinlich kann ich es deswegen nicht nachvollziehen!«, versuchte man mir schlussendlich diplomatisch klarzumachen, dass man meine Arbeit für irrsinnig hält.

Meinungen, Stellungnahmen, Fragen. Jede Tierschützerin, jeder Tierschützer kennt sie. Wieder und wieder werden sie uns gestellt. So oder in ähnlicher Form.

Und immer suchen wir nach Antworten, versuchen zu erklären und zu rechtfertigen, warum wir unsere Kraft ausgerechnet in den Dienst der Tiere stellen, warum wir aktiv werden, wenn uns der Notruf erreicht, warum wir uns dem Elend an vorderster Front stellen und die Bilder der Qual mit nach Hause, mit in den Schlaf nehmen.

Wir versuchen, uns und unsere Arbeit zu erklären.

Aber, wie erklärt man eigentlich einem Menschen, dessen einzige erstrebenswerte Ziele Erfolg, Karriere, Besitztum und persönliches Ansehen sind, wie arm er in Wirklichkeit ist. Ist es überhaupt möglich, ihm klarzumachen, wie einzigartig und wertvoll - im Gegensatz zu seinen Werten - dieser eine Funken Liebe ist, der, wenn man bereit ist, ihn zu geben, tausendfach erwidert wird?

Sollten wir überhaupt immer wieder versuchen, ihm, der für alles ein »Danke« erwartet, zu erklären, wie viel Dank allein in der Zärtlichkeit eines einzigen Blickes eines geretteten Tieres liegen kann?

Warum eigentlich?
Warum rechtfertigen wir uns andauernd dafür, dass wir uns und unsere Zeit für die einsetzen, die unsere Hilfe brauchen?
Warum stellen wir nicht ganz einfach mal die Gegenfrage?

»Warum tust du eigentlich überhaupt nichts? Du hättest doch auch Zeit! Wenn du für die Tiere nichts übrig hast, dann könntest du dich doch für das Kinderheim nebenan engagieren! Oder ein oder zwei Mal die Woche im Altenheim am Ende der Straße vorbeischauen, um den Alten wenigstens hin und wieder das Gefühl des Abgeschobenseins zu nehmen.«

Aber zugegeben, es wäre eben nur eine Gegenfrage und keine Antwort.

Und mal ehrlich, würden wir unser Gegenüber mit einer solchen Gegenfrage nicht auch in eine unangenehme Situation bringen? Wer gibt schließlich schon gerne zu, selbst im Prinzip für niemanden etwas zu tun?

Außer natürlich für sich selbst!

Beate Rost

Schneeland

Einen Namen hatte man ihr nicht gegeben. Nur eine Nummer. In einer gigantischen Anlage aus Beton und Dunkelheit wurde sie in einer mit Sägespänen aufgefüllten Kunststoffwanne von einer alten Beaglehündin geboren.

Ein letztes Mal hatte diese alte Hündin es geschafft, einem kleinen Wesen das Leben zu schenken. Vier Wochen später starb sie in einer kalten Julinacht. Am darauf folgenden Morgen zogen die Wärter der Versuchstierzucht die alte Hündin an den Hinterläufen über den nassen Betonboden aus ihrem Zwinger.

Ängstlich drückte sich ihre Tochter in die hintere Ecke der feuchten Betonwände. Mit weit aufgerissenen Augen sah sie zu, wie einer der Männer den leblosen Körper ihrer Mutter in einen schmutzigen Jutesack steckte und sie fortbrachte.

Der andere starrte sie an. Groß und mächtig stand er vor ihr. Als er nach ihr griff, versuchte sie seinen Händen zu entkommen. Mit ihren kleinen Zähnchen schnappte sie nach ihm. Sie wollte sich wehren, sie kämpfte und zappelte. Aber er schrie sie laut an und schlug mehrmals kräftig auf ihre kleine Nase.

»Halt endlich still!«, brüllte er. »Ich bin heute nicht aufgelegt für solche Spielchen.«

Plötzlich schoss ein betäubender Schmerz durch ihren Körper. Sie spürte etwas, das ihr fremd war. Etwas an ihrem Ohrbehang. Ein stechendes, wehes Gefühl.

Der Mann warf sie zurück auf den Boden. Sofort rieb sie ihr Ohr an der Wand. Es tat entsetzlich weh. »Lass das sein!«, schimpfte der Wärter und packte sie mit seinen großen Händen im Nacken und schüttelte sie kräftig. »Wenn sich das entzündet, bin ich es wieder, der den Zirkus am Hals hat. Also hör auf damit und halt es gefälligst aus! Ich mach das hier schließlich nicht zum Spaß.«

Die kleine Hündin erstarrte. Sie saß ganz still da und rührte sich nicht.

An ihrem Behang war von nun an eine hellblaue Plakette befestigt.

Sie war vier Wochen alt und trug die Identifikationsnummer: MY-98-432.

***

Eisblumen verzierten die kleinen Fensterscheiben des alten Fachwerkhauses im nordhessischen Bergland. Im Kaminofen knisterte das offene Feuer und auf den schmalen Fensterbrettern lagen Tannenzweige, Nüsse und Strohsterne.

Hannes setzte sich zu Lea an den alten Holztisch und zündete den Rest der bereits abgebrannten, roten Kerzen an. Er zupfte ein paar Tannennadeln aus dem mittlerweile trocken gewordenen Adventskranz und beobachtete Lea nachdenklich beim Lesen.

»Hannes, wir haben noch genau zwei Tage, bis ich zurück nach Berlin fahre. Meinst du, dass du es bis dahin schaffen wirst, mir das zu erzählen, was du mir seit einer Woche erzählen willst?«, fragte sie und schob ihr Buch beiseite.

»Lea, ich weiß einfach nicht, wo ich anfangen soll! Das ist eine so verwickelte Geschichte …«

»Um was oder wen geht es denn überhaupt?«, fragte Lea.

»Um Jochen. Es geht um Jochen.«

Lea sah Hannes überrascht an. »Um Jochen? Was ist denn mit ihm?«

»Du wolltest doch kürzlich wissen, wo er zurzeit arbeitet. Kannst du dich erinnern, dass ich dir gesagt habe, ich wüsste es nicht? – Das stimmte nicht so ganz. Ich wollte es dir vorerst nur nicht sagen. Also, – um ehrlich zu sein, ich wollte es dir eigentlich gar nicht sagen, oder besser gesagt, frühestens, wenn alles vorbei ist ...!«

Leas Stirn legte sich ungewollt in Falten. Sie verstand kein Wort von dem, was Hannes ihr sagte.

»Jochen wird vermutlich bald meine Hilfe benötigen. Ja also, – alles in allem«, druckste Hannes weiter herum, »ach Lea, ich sollte es dir eigentlich nicht erzählen, um dich nicht unnötig zu beunruhigen, aber es kann sein, dass Jochen mich in Kürze brauchen wird –, nun ja, – ich denke, es ist doch besser, wenn du es erfährst.«

»Wenn ich was erfahre?« Lea war ungeduldig geworden. »Hannes, wenn du in diesem Tempo weitererzählst, werden zwei Tage nicht ausreichen. Und wenn du nicht ein bisschen genauer wirst, verstehe ich ohnehin nichts von dem, was du sagst.«

Hannes nickte. Lea hatte Recht. Entweder, er schenkte ihr jetzt reinen Wein ein, oder er behielte alles für sich. Jochen hatte ihn gebeten, Lea vorerst nichts von seinem Vorhaben zu sagen. Er wollte nicht, dass sie sich unnötig um ihn sorgte. Und Hannes hatte sich bis jetzt auch daran gehalten. Aber er hatte während der ganzen Zeit ständig das Gefühl gehabt, Lea gegenüber unehrlich zu sein.

»Jochen arbeitet seit einigen Wochen als Pfleger in der Klinik seines Vaters«, platzte es plötzlich entschieden aus Hannes heraus.

Lea sah ihn überrascht an. »Das ist doch schön, warum wolltest du mir das denn nicht sagen?«, fragte sie erstaunt.

»Ja, weil ...«, Hannes schluckte, »also um genau zu sein, Jochen arbeitet nicht als Krankenpfleger in einer Station!«

»Sondern?«, fragte Lea.

Hannes atmete tief durch. Dann sagte er so leise, dass sie es kaum verstehen konnte: »Im Labor! Er arbeitet im Versuchslabor der Klinik.«

Hannes hatte sich umgehend auf ein sprudelndes Feuerwerk aus Entsetzen und Bestürzung eingestellt, aber diese Tatsache hatte Lea die Sprache verschlagen und sie musste zunächst versuchen, das Unfassbare zu verstehen.

»Jochen?«, fragte sie noch einmal, um ganz sicher zu gehen, dass sie sich nicht verhört hatte. »Das glaube ich nicht! Jochen arbeitet in einem Tierversuchslabor?«

Sie kannte Jochen mittlerweile seit vielen Jahren. Er und Hannes waren seit ihrer Schulzeit gute Freunde geblieben, obwohl beide einen völlig anderen Weg gegangen waren. Hannes hatte nach seiner Approbation als Tierarzt eine gut gehende Landarztpraxis in Nordhessen übernommen und sich damit eine sichere Existenz geschaffen. Jochen hingegen arbeitete mal hier und mal da, um seinen Lebensunterhalt zu verdienen. Sein Biologiestudium hatte er abgebrochen, weil ihm sein Professor erklärt hatte, dass das Töten von Tieren zu seiner Ausbildung gehöre. Er hatte sich geweigert, einen Frosch zu Demonstrationszwecken zu töten. Diese Entscheidung bedeutete damals für seine berufliche Zukunft das AUS. Er hatte sich noch nie von jemandem zwingen lassen, gegen seine ethischen Prinzipien zu verstoßen. In seiner Familie war er seitdem das schwarze Schaf unter den gut geratenen Söhnen. Seine Brüder Henken und Lars hatten, ganz im Sinne ihres Vaters, ein Studium der Humanmedizin abgeschlossen und sahen ihre Zukunft in der Forschung. Alles, was für sie zählte, war die berufliche Karriere.

»Warum, Hannes? Was hat er vor?«, fragte Lea und sie zweifelte keine Sekunde daran, dass es einen Hintergrund geben musste.

Hannes stand auf und nahm die Teekanne vom Stövchen. »Soll ich noch Tee aufsetzen?«, fragte er und verschwand, ohne auf Leas Frage einzugehen, in der Küche.

»Hannes, bitte«, rief Lea hinter ihm her, »ich möchte keinen Tee, ich möchte eine Antwort. Da stimmt doch was nicht.«

Lea versuchte ihre Gedanken zu sortieren. Sie ging zum Ofen und legte ein Stück Holz ins Feuer. Irgendetwas stimmte nicht. Jochen hatte seine eigenen Brüder immer öffentlich verurteilt, weil sie sich roh und gedankenlos über das Leid und den Schmerz ihrer Versuchstiere hinwegsetzten. Noch vor wenigen Wochen hatte er Lea davon erzählt, wie er mit Henken massiv aneinander geraten war, als er sich damit rechtfertigen wollte, dass er doch ausschließlich mit Tieren arbeite, die eigens für diesen Zweck gezüchtet würden. »Was glaubt dieser Mensch bloß?«, hatte Jochen zu Lea gesagt. »Dass damit alles in bester Ordnung sei? Was will der mir erzählen? Dass diese Tiere keine Gefühle haben, keinen Schmerz empfinden, keine Angst kennen?« Jochen hatte sich furchtbar aufgeregt. Und jetzt sollte er in diesen Folterwerkstätten mitarbeiten, weil er vielleicht gerade keinen anderen Job finden konnte? Er hatte sich immer für Ehrlichkeit und Aufklärung in der Bevölkerung engagiert. Er hatte Versammlungen organisiert und Vorträge über die Sinnlosigkeit der Tierversuche gehalten. Er hatte den Menschen erklärt, dass es eine Lüge ist, dass Tierversuche für die medizinische Entwicklung unerlässlich seien. Er hatte sich dafür eingesetzt, dass die Öffentlichkeit begreift, wie die Wissenschaftler die Qualen der Versuchstiere und ihren gnadenlosen Tod in Kauf nehmen, weil sie Gesetzesparagraphen zu erfüllen haben, weil sie ihre experimentelle Neugier befriedigen wollen und weil ihnen ihre Titel und Publikationen wichtig sind. »Sie genießen es«, hatte er einmal gesagt, »wenn ihre Veröffentlichungen in irgendwelchen medizinischen Fachzeitschriften stehen und sie von ihresgleichen lobend zitiert werden. Aber sie verschweigen, dass sie für diese Ergebnisse unzählige Tiere verbrauchen, sezieren und entsorgen.«

Jochen hatte nie eine Gelegenheit ausgelassen, den Menschen klarzumachen, dass ihr Mitleidsempfinden ganz bewusst unterdrückt wird, indem man ihnen suggeriert, dass es sich bei den meisten Versuchstieren doch ohnehin nur um eigens für diesen Zweck gezüchtete Ekeltiere wie Mäuse und Ratten handelt. Lea dachte an einen Vortrag, in dem er immer wieder darauf hingewiesen und erklärt hatte, dass alle Tiere, ganz gleich welchem Rang auf der Beliebtheitsskala sie angehören, leidensfähig sind. Sie erinnerte sich daran, dass er ihr einmal sagte: »Weißt du Lea, sie schneiden an lebenden Tieren herum und sie sagen: Mal sehen, was passiert. Mal sehen, ob wir die Ergebnisse irgendwann einmal für irgendwas gebrauchen können. Und sie rechtfertigen dieses Experimentieren, indem sie das ganze ‚Grundlagenforschung' nennen. Sie machen den Menschen etwas vor. Sie führen sie regelrecht in die Irre. Die meisten Leute glauben doch, dass Tierversuche eine Voraussetzung für die Entwicklung neuer Medikamente und Therapien seien. Von der Realität wissen sie nichts. Die unbeschreiblichen Eingriffe, die an gesunden und leidensfähigen Lebewesen vorgenommen werden, werden verschwiegen, ganz einfach verschwiegen - der Öffentlichkeit vorenthalten. Und kaum jemand weiß doch, dass es längst andere Forschungsmethoden gibt, die Versuche an Tieren absolut überflüssig machen könnten.«

Lea starrte unbewusst auf das Telefon, das auf dem Schränkchen neben dem Ofen stand. Es waren ungefähr fünf Monate vergangen seit dem Abend, an dem sie und Hannes stundenlang auf Jochens erlösenden Anruf warteten. Er hatte sich damals autonomen Tierbefreiern angeschlossen, um mit ihnen gemeinsam Beaglehunde aus den Zwingern einer Versuchstierzucht zu befreien. Er hatte das dort Erlebte nie verarbeiten können. Er hatte Lea gleich am nächsten Tag erzählt, was er dort gesehen hatte. »Lea«, sagte er, »das kannst du dir nicht vorstellen, hunderte dieser Hunde leben dort in Betonzwingern, kein Einstreu, kein Spielzeug, keine Körbe, keine Decken, nichts. Sie vegetieren dort zwischen unverputzten Wänden und verdreckten Gittern auf nassem Beton. Und alles, was sie in ihrem Leben erwartet, ist das Versuchslabor. Keiner von diesen Hunden hat je eine Chance auf ein wirkliches Leben.« Jochen hatte während der Befreiungsaktion Fotos von den Zwingeranlagen und den dort lebenden Hunden gemacht. Während er sie Lea zeigte, liefen Tränen an seinen Wangen herunter. Und er sagte ihr, es sei die Machtlosigkeit, die ihn so traurig mache. Die Machtlosigkeit gegen Menschen wie seine Brüder.

Als Hannes mit dem Tee zurückkam, saß Lea noch immer versunken in ihren Gedanken auf dem kleinen Sofa vor dem knisternden Feuer des Kaminofens. Er ging zu ihr, reichte ihr eine Tasse und sah sie eindringlich an. Dann zog er drei Kopien aus seiner Tasche und schob sie Lea kommentarlos hin.

»Was ist das?« fragte sie und überflog mit ihren Augen die ersten Zeilen. »Genehmigungsantrag, Bestellung, Lieferschein, Lieferschein-Nummer? Beagle-Stamm ...? Was soll das sein, Hannes?«

»Hier, lies zuerst mal diesen Antrag!« Hannes legte ihr den Genehmigungsantrag vor, der von Jochens Vater unterzeichnet und durch eine wissenschaftliche Kommission genehmigt worden war.

»Sie beantragen für ein Forschungsprojekt Beaglehunde! – Hannes, das tun sie seit Jahren!«

»Genau, aber jetzt lies das hier!« sagte Hannes und schob ihr zuerst die Kopie des Bestellscheines, danach die des Lieferscheines hin. Lea las alles sorgfältig durch. Auftragsdatum, Lieferdatum, Anzahl der Tiere, Anzahl männlich, Anzahl weiblich, Alter, Gewicht, Behandlungshistorie, Stamm-Nummern der bereits gelieferten Ware, Stamm-Nummer der vorgemerkten Nachlieferung ...

Plötzlich stockte ihr der Atem. »Hannes, das darf doch nicht wahr sein! – Diese Stamm-Nummer hier …! Ist das nicht die Nummer von …?« Sie sah Hannes erschrocken an.

Jochen hatte während der Befreiungsaktion in der Versuchstierzucht eine nur wenige Wochen alte Beaglehündin zurücklassen müssen, da er sie durch die schmale Hundeklappe von außen mit seinem Arm nicht erreichen konnte. Sie hatte sich in die hinterste Ecke des Innenzwingers gekauert. Es musste alles schnell gehen. Die Alarmanlage heulte auf und er hatte keine Zeit mehr, den Welpen zu locken. Die kleine Hündin saß zitternd und mit einem entzündeten Ohrbehang zwischen feuchten Betonwänden. Er hatte sie in der Dunkelheit mit seiner Taschenlampe angeleuchtet und er hatte in ihre Augen gesehen. Er konnte die Angst in diesem Gesicht nie vergessen. Er hatte die Nummer ihrer Ohr-Plakette in sein Gedächtnis gebrannt, und während er mit den anderen Hunden fliehen musste, hatte er ihr zugerufen: »Ich hol dich hier raus! Ich verspreche es dir!«

Danach hatte Jochen keine Chance mehr, in diese Anlage zurückzukehren. Jeder Eingang, jede Mauer wurde nach diesem Abend überwacht.

»Hannes, es ist die Nummer der Hündin, nicht wahr?
MY-98-432, Jochen hat sie so oft erwähnt …!«

In Leas Kopf überschlugen sich in Bruchteilen von Sekunden unzählige Fragen.

»Wie hat Jochen davon erfahren? Wieso konnte er wissen, dass ausgerechnet Hunde aus dieser Versuchstierzucht von seinem Vater bestellt wurden?«, fragte sie. »Und dann auch noch ausgerechnet diese Hündin?«

»Tja Lea, wer sagt denn immer, dass nichts dem Zufall überlassen ist? Diese Geschichte beweist dir das Gegenteil. Denn dass er von all dem erfahren hat, war ein einziger großer Zufall«, erklärte Hannes. »Von seinem Vater hatte Jochen erfahren, dass sein Bruder Henken eine Versuchsreihe leiten würde, bei der es um chirurgische Knochenverlängerung ging. Ich weiß nicht, ob Jochen tatsächlich noch an die Möglichkeit glaubte, seinen Bruder von der Realisierung dieses Vorhabens abbringen zu können. Er ist jedenfalls zu ihm ins Büro gegangen und es kam natürlich sofort wieder zur üblichen Auseinandersetzung. Dem Argument, dass eben genau diese Methode zur Verlängerung der Knochen bereits seit 1980 beim Menschen eingesetzt wird, konnte Henken natürlich nichts entgegen halten. Also ließ er Jochen einfach stehen und knallte die Tür von außen zu. Jochen war total aufgeregt. Er hatte sich dann für einen Moment an Henkens Schreibtisch gesetzt, weil ihm plötzlich schwindelig wurde. Du kennst das ja mit ihm, wenn er sich aufregt. Jedenfalls sah er dann die Lieferscheine dort liegen. Er hat sie erst gar nicht wahrgenommen. Nur so darauf gestarrt, während er sich über diese extreme Überheblichkeit von Henken ärgerte. Und dann fiel ihm auf einmal die Nummer ins Auge. Jochen sagte, in dem Moment, in dem er realisiert hatte, dass es die Nummer ist, die ihm seit Wochen nicht aus dem Kopf will, hätte es ihm fast den Boden unter den Füßen weggerissen. Und dann hat er diesen Satz hier gelesen.« Hannes zeigte auf die Kopie des Lieferscheines:

> Die oben aufgeführte Lieferung mit der Nummer MY-98-432 wird als Ersatz spätestens bis zum 20.12.199x nachgeliefert. Die gewünschten Vorbehandlungen werden bis dahin durchgeführt sein.

»Jetzt weißt du, warum er in dem Labor arbeitet!«, sagte Hannes. »Er hat mich an dem gleichen Tag, an dem er im Büro seines Bruders war, noch angerufen, um mir zu sagen, dass er jetzt seine Chance hat, sie zu befreien. Und dass er sich etwas einfallen lassen muss, um Zutritt zum Labor zu bekommen.«

Lea nickte. Sie wusste jetzt, was Jochen vorhatte. Aber es blieben so viele Unklarheiten, die ihr im Kopf umherschwirrten. »Erstaunlich ist es ja schon, dass die Klinik ausgerechnet aus der Versuchstierzucht die Hunde bestellt, in der Jochen bei der Befreiungsaktion mitgemacht hat!«, bemerkte sie leise.

Hannes zog die Schultern hoch und seufzte. »Ach Lea, dieser Massenproduzent hat hier in Deutschland doch eine Art Monopol. Er ist einer der größten Anbieter von Versuchstieren. Also, dass sie bei ihm bestellt haben, würde ich nicht als sehr großen Zufall betrachten. Aber dass gerade diese betreffende Hündin nachgeliefert werden würde und genau deren Lieferschein auf Henkens Schreibtisch obenauf lag, also das alles zusammen ....« Lea unterbrach ihn: »Das alles zusammen, Hannes, ist vom Schicksal geschrieben, das ist eindeutig mehr als Zufall!«

Hannes sah Lea lächelnd an. Vielleicht hatte sie ja doch Recht, dachte er und es gibt keine Zufälle. Und er hoffte, dass das Schicksal in diesem Fall tatsächlich vom lieben Gott geschrieben worden war.

»Sag mal Hannes, und wie ist Jochen da nun hineingekommen? Ich meine, wie hat er es geschafft, seinen Vater davon zu überzeugen, dass er plötzlich seinen Standpunkt gewechselt hat? Sein Vater ist doch nicht dumm! Der kann doch nicht ernsthaft glauben, dass ein Mensch wie Jochen auf einmal die Seiten wechselt und von lebenslangen Grundsätzen nichts mehr hören will.«

»Jochen wusste, dass einer der Tierpfleger einen Autounfall hatte und vier Wochen ausfallen würde. Sein Vater hatte das zuhause selbst erzählt. Jochen hatte ein Gespräch zwischen ihm und Henken mitbekommen. Henken hatte die Befürchtung, dass eine Aushilfe nicht schnell genug zu bekommen sei und er hatte geäußert, dass sie wegen der bereits angelaufenen Versuchsreihe zurzeit jeden Mann brauchen. Jochen sah darin seine

Chance. Einen Tag später hat er seinem Vater dann erzählt, dass er in eine schwierige Situation geraten ist und dass er dringend Geld benötigt. Und dass er im Moment auf seine Ethik pfeifen müsse und einfach bloß einen festen Job sucht, um aus einer prekären, wirtschaftlichen Situation wieder herauszukommen. Na ja, Jochen hat schon so oft an Aktionen teilgenommen, die mehr als grenznah zum Gesetz waren, so dass die Geschichte für seinen Vater nicht unbedingt erstaunlich klingen musste. Und in seiner Selbstherrlichkeit hat er Jochens Hilfegesuch, trotz Henkens massiven Einspruchs, schlicht als eigenen Sieg gefeiert. So nach dem Motto: Wusste ich's doch! Alles nur Luftblasen, von wegen feste Prinzipien.«

Lea rieb sich die Schläfen. Sie stand auf und sah aus dem Fenster. Es hatte angefangen zu schneien. Sie beobachtete die Schneeflocken, die sanft im Lichtschein der alten Grundstückslaterne tanzten. In wenigen Tagen würde diese wunderbare Idylle da draußen dem Heiligen Abend eine ganz besondere Stimmung verleihen. Die weihnachtlich geschmückten Fenster des gegenüberliegenden Hofes würden weit in die Einsamkeit hineinleuchten und von der Dorfkirche würde man leise die festlich klingenden Glocken hören. Lea dachte an Jochen. Wie muss er sich bloß in dem Moment gefühlt haben? Wie demütigend muss für ihn der überhebliche Triumph seines Vaters gewesen sein? Lea mochte Jochen sehr. Manchmal erinnerte er sie an ihr eigenes Leben. Auch ihre Eltern hatten eine andere Vorstellung von der beruflichen Zukunft ihrer Tochter gehabt. Aber genau wie Jochen, hatte auch Lea sich entschieden, ihr eigenes Leben zu leben. Und das gehörte einem kleinen Tierheim, dessen Leitung sie übernahm und für das sie ihr Studium an den Nagel hängte. Lea sah in die Dunkelheit und dachte an die Jahre, in denen auch sie sich ruhelos für den Tierschutz eingesetzt hatte. Sie dachte an das Tierheim und an den Tag, an dem sie es verlassen hatte, um mit Wilhelm, ihrer großen Liebe, ins nordhessische Bergland zu ziehen.

Es war nicht ihre Welt. Schon nach einem Jahr hatte sie diese Idylle wieder verlassen und war nach Berlin gegangen, um noch einmal neu anzufangen.

Lea sah hinüber zu den hell erleuchteten Fenstern des Nachbarhofes. Dort hatte sie Hannes vor acht Jahren zum ersten Mal gesehen. Während der Monate, in denen Lea damals vergeblich versucht hatte, ihr Leben in der Familie ihres Mannes Wilhelm einzurichten, hatte sie auf einem Spaziergang eine kleine, blinde Kettenhündin gefunden. Sie hatte sie aus der Einsamkeit eines abgelegenen Grundstücks befreit und war mit ihr auf diesen Hof gekommen, um sie von einem Tierarzt untersuchen zu lassen. »Du kannst mit Melodie herkommen«, hatte Rosalie, die Besitzerin des Hofes, ihr angeboten, »Hannes Petersen kommt ohnehin einmal die Woche bei uns vorbei, um nach den Tieren zu sehen. Sein Haus liegt gleich nebenan. Und einen einfühlsameren Tierarzt wirst du in dieser Gegend nicht finden.«

Tief in ihrer Erinnerung versunken, lag ein Lächeln auf Leas Gesicht. Sie ging zu Hannes und legte ihre Arme um seine Schultern. »Warum wolltest du mir diese Geschichte eigentlich erst erzählen, wenn alles vorbei ist? Glaubst du, ich würde Jochen verpfeifen?«, scherzte sie. »Er wird unsere Hilfe brauchen. Wir können doch nicht einfach abwarten, ob er das allein hinkriegt.«

Hannes seufzte. Genau das hatte er befürchtet. Lea hatte sich, solange er sie kannte, von nichts und niemanden aufhalten lassen, wenn es um die Rettung eines Tieres ging. Sie hatte ihm oft davon erzählt, dass sie während ihrer Jahre im Tierheim nicht immer auf das Gesetz Rücksicht nehmen konnte, wenn sie einem Tier helfen wollte, das in Not war. Er erinnerte sich an ein Gespräch, in dem Lea einer befreundeten Tierheimleiterin gesagt hatte: »Wenn du erst auf die Genehmigung warten willst, ist der Hund tot. Ich würde mich für das Leben des Hundes entscheiden.«

Hannes überlegte, ob es vielleicht doch nicht richtig war, ihr alles erzählt zu haben. Aber nun gab es ohnehin kein Zurück mehr.

»Lea, diese Geschichte ist aus deiner Sicht ethisch absolut vertretbar. Zugegeben, auch aus meiner Sicht. Aber sie ist auch gesetzeswidrig. Schon allein das Wissen um Jochens Vorhaben macht uns mit strafbar. Ich werde Jochen helfen. Das habe ich ihm versprochen. Aber erst, wenn es an der Zeit ist. Du musst übermorgen zurück nach Berlin und …«

Lea legte ihren Zeigefinger auf seine Lippen. Sie hatte die Entschlossenheit in seiner Stimme erkannt. Eine Diskussion war damit überflüssig.

***

Jochen saß in seinem Auto und fühlte sich elend. Er hatte an der Straße, nahe dem Haupteingang des Kliniklabors, geparkt. Seine Frühschicht begann in zehn Minuten. Er beobachtete die Angestellten seines Vaters, wie sie eilig hineinströmten, um pünktlich an ihrem Arbeitsplatz zu sein. »Sie hasten durch ihr Leben«, dachte er, »ohne zu bemerken, was rechts und links von ihnen passiert. Sie eilen jeden Morgen an den Platz des Grauens zurück, ohne die Grausamkeit um sich herum zu bemerken.«

Jochen spürte schon wieder diesen merkwürdigen Schwindel, der in der letzten Zeit immer häufiger auftrat. Es war, als würde sich der Boden unter ihm auflösen, ganz kurz nur, nur ein paar Sekunden drehte sich die Welt um ihn herum. Er schob es auf die andauernde Anspannung und auf die ständige Angst, dass irgendetwas schief laufen könnte. Er fand seit Wochen keine Ruhe mehr. Selbst in den Nächten hatte er die unbeschreiblich grausamen Bilder des Tages vor Augen. Immer und überall befürchtete er, enttarnt zu werden. Aber er war jetzt so kurz vorm Ziel. Er musste durchhalten. Er musste es mit ansehen und er musste es ertragen. Nur so hatte er die Chance, sie befreien zu können. Jochen starrte auf den großen, geschmückten Weihnachtsbaum, der auf der Wiese vor dem Portal stand und dessen Lichter hell in die Morgendämmerung strahlten. »Das Fest des Friedens und der Liebe«, dachte Jochen und empfand den Gedanken in diesem Moment als bloße Ironie.

Was würde aus ihr werden, wenn er versagen würde? Aus dieser kleinen Hündin, die er zurückgelassen hatte. Ihre Identifikationsnummer würde an einem der Stahlkäfige befestigt und sie würde im Dienste der medizinischen Forschung ein Martyrium erleben müssen, monatelang, vielleicht jahrelang, solange, bis sie sie umbringen würden. Irgendwo würde dann geschrieben stehen: MY-98-432 wurde der Wissenschaft »geopfert«.

»Ich werd' sie da heraus holen«, flüsterte Jochen, »und ihr all das zeigen, was ein kleines Hundeleben schön macht. Ich werde sie Juli nennen, nach dem Monat, in dem ich sie zurückließ und ich werde ihr die Sonne zeigen, die Vögel und den Wind und mit ihr im Schatten einer alten Baumkrone liegen.«

Jochen schloss die Augen und träumte. Er versuchte, seine letzten Kräfte zu bündeln, um wieder einen Tag inmitten des Unvorstellbaren zu verbringen.

»Moin Jochen, was ist, hast du heute keine Lust zu arbeiten?«, rief Monika, eine der Kolleginnen aus dem Labor und klopfte auf die Motorhaube seines Wagens. Jochen war so tief in seinen Gedanken versunken, dass er augenblicklich erschrak.

»Monika! – Warte, ich komme gleich mit.«

Er durfte keinen Fehler machen. Er schnappte sich seine Tasche und begleitete sie in die mit Neonlicht beleuchteten Kellerflure der Klinik.

»Was steht heute auf dem Programm?«, fragte er, obwohl er genau wusste, dass ihm die Antwort umgehend die Luft zum Atmen nehmen würde.

»Dein Vater will heute mit der zweiten Versuchsreihe beginnen. Du bist für die Voruntersuchungen zum Blut abnehmen bei Polanski eingeteilt! Wird ja auch Zeit, dass du es lernst, nicht wahr?«
Jochen erschrak. Das würde er niemals können.

»Was für eine zweite Versuchsreihe?«, fragte er unsicher. »Ich bin hier als Pfleger eingestellt und nicht als Tierarzt. Ich kann den Hunden doch kein Blut abnehmen.«

Monika lachte und machte eine abwinkende Handbewegung. »Ach Jochen, man merkt, dass du noch nicht lange mitmachst in diesem Laden. Blut kann hier jeder zapfen. Was soll dabei schon schief gehen? Im schlimmsten Fall – «, sie zögerte, »nein, das sage ich jetzt mal lieber nicht, sonst traust du dich gleich überhaupt nicht an die Nadeln.« Dann verschwand sie in einem der kahlen, weiß gefliesten Räume.

Jochen ging ins Labor und zog sich schweren Herzens den von ihm mehr als gehassten, weißen Kittel über. Polanski, der Tiertechniker, wartete bereits auf ihn, als er in den Behandlungsraum kam. »Herr Matthiesen«, fuhr ihn Polanski umgehend an. »Sie sind zwar der Sohn vom Chef, aber hier bei mir sind Sie Hilfspfleger, und zwar einer, der noch eine Menge lernen muss, unter anderem, dass man von ihm Pünktlichkeit erwartet.« Polanski stand vor einem Metalltisch und hielt eine junge Beaglehündin im Nackenfell fest. »Hier, halten Sie mal fest«, sagte er barsch und zeigte auf die Hündin, als würde er Jochen ein lebloses Stück Holz hinhalten. »Ich werde Ihnen heute zeigen, wie es am besten funktioniert, um möglichst zügig an die benötigte Menge Blut zu kommen. Demnächst machen Sie das allein. Also passen Sie auf, wie man's macht.« Er zog eine Kanüle aus der sterilen Verpackung, steckte sie auf die Spritze und hielt sie mit einer wichtigtuerischen Gebärde in die Luft. »So, setzen Sie den Hund hierher. Und halten Sie ihn mit einer Hand an den Vorderpfoten und mit der anderen unterm Kinn fest.« Jochen spürte die Angst der Hündin in seinen Händen. Er fühlte sich wie ein elender Folterer. Die Hündin hielt ganz still. Sie ließ es über sich ergehen. Jochen sah in ihr angstverzerrtes Gesicht. Sie konnte nicht wissen, dass er nicht zu den brutalen Tierquälern gehörte, die ihr tagein, tagaus, Schmerzen zufügten und vor denen sie Todesangst hatte, wenn sie nur ihre Schritte hörte. Wie sollte sie ahnen, dass Jochen die unsagbaren Qualen ihrer Seele fühlen konnte und dass er nicht einer von denen war, die sich hinter weißen Kitteln verstecken und sich vor der Öffentlichkeit als renommierte Wissenschafter darstellen.

Polanski rasierte mit einem lauten, ratternden Elektroschergerät, das er beiläufig in seiner linken Hand hielt, den Nacken der Hündin. Beinahe zeitgleich, so als müsste er seine Arbeit im Akkord ausführen, um einen möglichst großen Gewinn zu erzielen, führte er bereits mit der anderen Hand die Nadel ein. Jochen merkte, wie sich der Schmerz der Hündin durch seine eigenen Adern schlängelte. Die Hündin zuckte und winselte schmerzerfüllt auf. Es spritzte und Jochen hatte Blut am Ärmel. Obwohl Polanski die Nadel längst wieder aus ihrem Nacken gezogen hatte, blutete sie weiter. »Setzen Sie diesen runter und holen Sie den nächsten!«, kommandierte er, während er bereits die nächste sterile Verpackung einer Kanüle öffnete.

Jochen wusste, dass Polanski ihm nicht traute. Er forderte Jochen bei jeder Gelegenheit heraus. Polanski war ein Mensch ohne Gewissen, ohne Herz, ohne Gefühl. Vor seiner Zeit in dieser Klinik war er im Forschungslabor einer Kosmetikfirma angestellt. Dort war er unter anderem zuständig für die Unbedenklichkeitstests für alle möglichen kosmetischen Artikel. Genussvoll nutzte er jede Gelegenheit, Jochen mit den grausamen Details seiner Vergangenheit vertraut zu machen. So hatte er ihm unter anderem erzählt, dass er Kaninchen in körperengen Behältern fixiert hatte, um in ihre Augen reizende Substanzen zu träufeln. »Wie praktisch«, hatte er höhnisch grinsend gesagt, »dass die Karnickel keine Tränenflüssigkeit absondern können.

Sonst würd's nicht funktionieren mit diesen Tests, aber so …, Pech für die Burschen.« Jochen wusste genau, dass Polanski ihn mit seinen widerwärtigen Äußerungen provozieren wollte. Er wollte ihn dazu bringen, in die Offensive zu gehen. Er wollte erzwingen, dass Jochen seine Fassung verlor und ihm lauthals seine Meinung sagte, nämlich welche Qualen diese hilflosen Tiere erleiden, welche Schwachsinnigkeit hinter diesen Betrachtungstests liegt und wie völlig sinnlos die Augen der Kaninchen verätzt werden. Polanski wollte ihn aus der Reserve locken. Aber dazu würde Jochen es nicht kommen lassen! Polanski kannte weder Moral noch Ethik und er würde niemals begreifen, welche Schuld er auf sein Gewissen laden musste.

Jochen setzte die Hündin auf den Boden. Nebenbei schaute er unauffällig zu den anderen Hunden. Sie sahen zu ihm auf, beobachteten das Geschehen. Eng aneinander gedrückt saßen sie da und versuchten, sich am Boden festzuklammern.

Jochen nahm den nächsten Hund hoch. Es war ein alter Rüde. Als er Jochens Hände spürte, schrie er kreischend auf. Einen kurzen Moment lang versuchte er zu entkommen, sich zu wehren. Dann erstarrte er. Ganz steif hing er in Jochens Arm. Seine Augen hatte er weit aufgerissen. Aus seinem Maul lief Blut.

»Er blutet!«, protestierte Jochen. »Er muss aus dem Test herausgelassen werden. Er ist nicht mehr stabil genug.«

»Auf den Tisch mit ihm, er gehört nun mal in die Beobachtungsreihe«, sagte Polanski.

»Er ist krank«, erwiderte Jochen, »er schafft die Versuche doch ohnehin nicht mehr. Wozu wollen Sie ihm die Bluttests noch zumuten?«

Jochen spürte, wie ihm übel wurde. Er hatte plötzlich das Bedürfnis, zu fliehen, alles hinter sich zu lassen, weg zu wollen, weg von diesen grausamen Experimenten, weg von den entsetzlichen Machenschaften, die nach außen so perfekt verheimlicht wurden. Sollte er aufgeben? Er war sehr nah davor.

Wie sollte er das alles jemals einem Menschen erklären, der das nicht erlebt hatte? Wie sollte er jemals den Menschen draußen erzählen, dass im ‚Dienste der Wissenschaft' und zum ‚Wohle des Menschen' die Tiere vergiftet, aufgeschnitten, bestrahlt und verstümmelt werden? Dass ihre Knochen gebrochen und zersägt werden, dass man sie ausbluten lässt, ihnen absichtlich Schädelverletzungen zufügt, ihnen irgendwelche giftigen Substanzen einflößt und ihren jeweiligen grauenhaften Todeskampf mit Interesse beobachtet, um sämtliche, nutzlosen Ergebnisse in Protokollen festzuhalten?

»Dieser Hund ist krank!«, versuchte Jochen noch einmal Einspruch zu erheben. »Die Blutwerte machen doch in diesem Fall absolut keinen Sinn mehr!«

Polanski sah Jochen höhnisch an. Dann schob er mit seinem Ellenbogen eine Tabelle über den blutverschmierten Metalltisch. »Das hier ist der Sinn!«, grinste er. »Für mich ist nur wichtig, dass ich sie ausfülle, und zwar jedes Kästchen! Was die Herrschaften oben hinterher damit machen, ist mir egal.«

Er hatte bereits dreimal versucht, bei dem kranken Hund die Nadel einzuführen, bis er endlich eine Vene gefunden hatte. »Er zappelt zuviel«, sagte er barsch. »Wenn er nicht stillhalten will, müssen Sie ihm einen über die Nase geben.« Jochen kämpfte gegen seine Würgegefühle an. Zweifel kamen in ihm hoch. Er wusste nicht mehr, ob es richtig war, hier zu sein, ob er bleiben oder wegrennen sollte. Er war hin und her gerissen. Er spürte eine unsagbare, fast unkontrollierbare Wut. Er war in seinem ganzen Leben ein überzeugter Gegner von Gewalt gewesen, aber in diesem Moment hatte er das tiefe, ihm bisher unbekannte Bedürfnis, Polanski all die Verbrechen heimzuzahlen, die er in seinem Leben wehrlosen Geschöpfen angetan hatte.

Der alte Rüde auf dem Tisch schrie auf, laut und durchdringend, schmerzhaft und anklagend. Dann brach er zusammen. Ganz still lag er auf dem Tisch. Jochen schloss die Augen und betete zu Gott, dass er ihm Kraft geben möge. Er versuchte, an Juli zu denken. Ihr Leben würde genauso enden wie das dieses alten Hundes, wenn er jetzt nicht durchhielte.

»Bringen Sie ihn raus! Wo die Container stehen, wissen Sie ja sicher bereits.« Ohne auch nur eine Miene zu verziehen, machte Polanski mit seiner Arbeit weiter.

Jochen trug den toten Hund aus dem Labor. Die Kanüle hing noch immer in seiner Vene. Er trug ihn in seinem Arm die langen, dunklen Flure entlang. Er trug ihn den Weg zurück, den er vermutlich vor Jahren gekommen war. Er trug ihn zurück in die Freiheit, zurück in ein anderes Leben, ein Leben ohne Angst und ohne Schmerz.

»Ich habe dir nicht wehtun wollen, mein Freund«, entschuldigte sich Jochen leise flüsternd und seine Tränen tropften auf das blutverschmierte Fell des toten Hundes, den er fest in seinen Armen hielt. »Jetzt bist du frei. Niemand wird dich jemals wieder verletzen.«

Jochen verließ das Gebäude durch den hinteren Kellerzugang. Er ging neben den Containern vorbei, weiter durch das große Tor, durch das in wenigen Tagen ein LKW fahren würde, um eine kleine Hündin zu liefern, deretwegen er hier war, auf die er warten musste.

Die Sonne war mittlerweile aufgegangen und versuchte sich durch den dunklen, wolkenverhangenen Himmel zu zwingen. Jochen legte den toten Hund auf die große, freie Wiese, die sich gleich hinter der Klinik befand. »Du hattest nie eine Chance auf ein anderes Leben, mein armer Freund. Nicht einmal einen Namen haben sie dir gegeben.« Jochen streichelte sanft über den Kopf des Hundes. »Vielleicht ist das heute das erste Mal, dass du die Sonne spürst. Ob du mir verzeihen kannst, dass ich hier mitmache?« Jochen legte seinen Kopf zurück und schloss seine Augen. »Die Menschen, die du kennen gelernt hast, waren grausam. Jeden Tag wieder haben sie dich aus deinem Käfig gezerrt und deine entsetzliche Angst ignoriert. Weißt du, mein Freund, dich kann ich nur noch um Verzeihung bitten für das, was sie dir angetan haben und dafür, dass sie deine Einzigartigkeit in ihrem Wahn nie erkannt haben. Für Juli aber kann ich mehr tun. Ich kann ihr dieses Leben ersparen.«

Jochen spürte, dass sich dunkle, graue Wolken vor den schmalen Spalt schoben, der es der Wintersonne soeben noch ermöglicht hatte, mit ihrer kaum spürbaren, milden Kraft das Fell des vor ihm liegenden Hundes zu streicheln. Beinahe übergangslos fielen große, weiße Schneeflocken leise vom Himmel.

Jochen sah in das Gesicht des alten Rüden. Erlöst und frei lag er da. In seinen noch immer weit geöffneten, toten Augen lag ein Staunen über die Schönheit und den Frieden in einer neuen Welt.

***

Nachdem ihre Mutter gestorben war, hatte man die kleine Hündin mit der Nummer MY-98-432 aus ihrem Zwinger geholt und in ein dunkles Gebäude ohne Tageslicht gebracht. Seitdem lebte sie dort mit vielen anderen Hunden in einem feuchten, langen Kellerverlies. Manche von ihnen lebten zu zweit oder zu dritt in einer Box. Sie konnten sich gegenseitig wärmen und hin und wieder miteinander spielen. Die kleine Hündin lebte allein.

Oft war es tagelang stockdunkel in diesen unterirdischen Räumen. Dann, wenn die Wärter am Morgen vergessen hatten, das Licht anzustellen. Oder an den Wochenenden. Wenn niemand kam, um die Schüsseln mit den Futterpellets aufzufüllen. In der Dunkelheit hörte sie dann jedes Geräusch. Sie hörte, wie die anderen Hunde winselten, wie sie bellten, oft stundenlang, bis ihre Stimmen heiser wurden. Einigen von ihnen hatte man die Stimmbänder durchtrennt. Sie konnten weder weinen noch bellen. Aber die kleine Hündin konnte auch sie hören. Sie hörte, wie sie sich pausenlos auf den kalten Spaltenböden im Kreis drehten, an den Gittertüren ihre Pfoten wund kratzten und aus lauter Verzweiflung ihre Wasserschüsseln umwarfen, um Aufmerksamkeit zu erhalten. Sie selbst saß immer nur still da.

Sie war sechs Monate alt und ihr junges Leben kannte nur Angst und Einsamkeit.

Ab und zu hatte sie das Gefühl, etwas zu vermissen, etwas, was sie kannte. Aber die Erinnerung daran war zu verschwommen, um es noch klar zu erkennen. Das Gefühl der Geborgenheit, im Schutz ihrer Mutter zu leben, von ihrer warmen Zunge gestreichelt zu werden, war längst verblasst.

Die kleine Hündin lag zusammengerollt auf dem kalten Boden, als sie das Knarren der Eisentür hörte, durch die die Wärter jeden Morgen zur Reinigung der Boxen in den Kellergang kamen. Schritte näherten sich ihrer Box. Ein Wärter zog den Riegel der Gittertür aus dem Schloss. Sie atmete ganz vorsichtig und bewegte sich nicht. Sie wollte nicht auffallen. Aber er hatte sie gesehen. Er schob einen Fuß unter ihren Körper und sagte barsch: »Los steh auf, jetzt geht's auf die Reise.« Er griff mit einer Hand in ihr Nackenfell und mit der anderen packte er ihren linken Hinterlauf. Er zog sie hoch und steckte sie in einen festen Karton aus Wellpappe. Nebenbei brummte er in seinen Bart: »Ein Vieh weniger hier unten. Möchte wissen, was die noch für einen Nutzen bringen. Will doch sowieso keiner mehr haben.« Mit seinem Fuß schob er den bereits mit einem Deckel dicht verschlossenen Karton in den Kellergang. Die kleine Hündin verstand nicht, was mit ihr geschah. Sie konnte kaum atmen vor Angst. Der Wärter hatte die Kiste auf eine wackelige Karre gesetzt. Unter ihr holperte und rumpelte es. Hin und wieder versuchte sie, durch die Luftschlitze etwas zu erkennen. Aber sie konnte nichts sehen. Sie versuchte mit ihren Pfoten ein Loch in den Karton zu kratzten. Aber die Pappe war zu hart und ihre Pfoten waren durch das monatelange Stehen auf den Spaltenböden viel zu entzündet. Sie drückte ihre Nase fest an die schmalen Luftlöcher. Sie wollte sich aufstellen, aber der Karton war zu niedrig. Mit gebeugtem Kopf setzte sie sich hin und lauschte. Sie hörte Geräusche, die sie bisher nie gehört hatte. Sie hörte fremde Stimmen. »Denken Sie daran, diese Kiste direkt zu dieser Adresse zu bringen und nicht mit den anderen zum Flughafen! Dass mir da nichts durcheinander kommt.« Jemand klopfte auf den Deckel des Kartons. Die kleine Hündin erschrak. »Und lassen Sie sich diese Lieferung quittieren. Nicht dass es hinterher wieder heißt, wir würden unbrauchbare Ware liefern.«

Die Tür des Lkws schlug zu und der Fahrer ließ den Motor an. Als er durch das Tor fuhr und die erste Abbiegung nahm, wurde der kleinen Hündin entsetzlich übel. Sie würgte und brachte nach und nach ihren gesamten, kläglichen Mageninhalt heraus. Dann fing die Welt an, sich zu drehen. Ihr wurde schwindelig, immer schwindeliger und plötzlich war die kreisende Bewegung unter ihr einem Schweben gleich. Eingesperrt in ihrer engen Kiste fiel sie in einen tiefen Traum.

***

Jochen hatte sich schweren Herzens wieder auf den Weg zurück an seinen Arbeitsplatz gemacht. Er hatte es nicht fertig gebracht, den toten Hund in einen Müllsack zu stecken. Das einzige, das er ihm als letzte Ehre noch erweisen konnte, war, ihn nicht als Müll zu entsorgen. Er hatte seinen weißen Kittel ausgezogen, ihn darin eingewickelt und ihn in den Kofferraum seines Wagens gebracht. Das Risiko, dass ihn dabei jemand hätte beobachten können, hatte er in seiner Verzweiflung nicht mehr bedacht.

Er lief die endlosen Kellergänge entlang und verlor mit jedem Schritt, den er tat, ein Stück mehr seines Willens, sein Vorhaben durchzuziehen. Sollte er wirklich zurückgehen? Sollte er weiter den Handlanger für Polanskis Sadismus spielen? Wie oft sollte er noch eine dieser armseligen Kreaturen, die ihr Leben lang als

Messinstrumente missbraucht wurden, durch diese Gänge tragen müssen, um sie wegzuwerfen? Wie lange würde er es noch schaffen, den Horror und die unerklärbaren Gräueltaten, die sich hier hinter verschlossenen Türen abspielten, auszuhalten?

Jochen empfand wieder diesen seltsamen Schwindel. Er hielt sich am Geländer des Treppenaufgangs fest. Vor seinen Augen bog sich das Geländer zu einer sich immer weiter von ihm entfernenden Schlangenlinie. Er atmete tief durch. Es half nichts. Der Schwindel wurde stärker. Jochen verlor die Kontrolle. Um ihn herum wurde alles ganz hell. Der Boden, auf dem er stand, wurde weicher und weicher. Er spürte eine tiefe, fast angenehme Schwere und er hatte das ermutigende Gefühl, in diesem Moment alle Ängste und Sorgen loswerden zu können. Er hörte auf, sich zu wehren. Langsam glitt er zu Boden. Jemand bot ihm Ruhe an. Irgendwo in der Ferne. Er konnte nicht genau erkennen, wer es war. Er winkte ihm zu. Aber der Weg dorthin schien weit. Dann hörte er plötzlich Stimmen. Sie kamen aus einer anderen Richtung. Er versuchte, sich zu konzentrieren. Wen hörte er da? »Beeil dich, du musst hier raus!«, rief eine der Stimmen. »Komm endlich, du hast keine Zeit mehr! Was machst du denn da? Wir können nicht mehr warten!« Unzählige Stimmen wechselten sich ab, und alle redeten auf ihn ein. Aber er erkannte die Stimmen nicht. Bis er plötzlich sich selbst hörte: »Ich hol dich hier raus. Ich verspreche es dir!« Immer wieder hörte er sich diesen Satz sagen. »Ich hol dich hier raus. Ich verspreche es dir!« Bis seine Stimme immer leiser wurde und er sich kaum noch verstehen konnte. Dann wurde es still um ihn herum.

»Jochen, – Jochen! – Kannst du mich hören? – Jochen! – Nun sag doch was!«, rief Monika, nachdem sie ihm bereits eine volle Flasche Wasser übers Gesicht geschüttet und ihm immer wieder mit der Hand auf die Wange geschlagen hatte. »Jochen! Na, Gott sei Dank!«, sagte sie erleichtert, als sie merkte, dass seine Augenlider sich bewegten. »Bleib bloß still liegen. Ich rufe sofort einen Arzt. Du musst unbedingt nach oben auf eine Station gebracht werden. Meine Güte, was ist denn nur passiert? Du bist bleich wie mein Kittel!«

Jochen war völlig durcheinander. Er versuchte, sich aufzurichten.

»Bleib liegen!«, sagte Monika. »Wenn du jetzt aufstehst, wird dein Kreislauf wieder kollabieren. Bleib bloß hier liegen, bis ich zurück bin!« Sie wollte loslaufen, aber Jochen hielt sie am Ärmel fest. »Warte, Monika«, stammelte er mit wackeliger Stimme. »Du brauchst keinen Arzt holen, mir geht es gut, ich habe heute wohl etwas zu wenig getrunken. Nur ein paar Kreislaufprobleme, weiter nichts. Mach kein Drama daraus. Ich bin noch in der Probezeit und ich will den Job nicht verlieren.« Jochen spürte, wie ihn allein das Sprechen anstrengte und sich Schweißperlen auf seiner Stirn verteilten.

»Jochen, du siehst nicht gut aus. Deine Lippen sind auch ganz blau. Du solltest dich untersuchen lassen«, versuchte Monika ihn noch einmal davon zu überzeugen, dass es richtiger wäre, einen Arzt zu holen.

»Nein, es geht schon wieder. Bitte, häng es nicht an die große Glocke. Tust du mir den Gefallen?«, fragte er sie beinahe bittend.

Monika nickte. »Wenn du unbedingt riskieren willst, dass dich beim nächsten Mal vielleicht keiner findet, der dir eine um die Ohren haut und dir seine einzige Flasche Mineralwasser über den Kopf schüttet! Bitte! Dann hol ich eben keinen Arzt! – Und behalte dein kleines Ruhepäuschen für mich. Zufrieden?«

Jochen nickte und versuchte sich am Geländer hochzuziehen. »Danke, Monika!« Mehr konnte Jochen nicht sagen, da Polanski im gleichen Moment um die Ecke rauschte. »Matthiesen, wo bleiben Sie denn? Was glauben Sie eigentlich, wofür Sie hier bezahlt werden? Fürs Quatschen? Sehen Sie zu, dass Sie an Ihren

Arbeitsplatz kommen!«, brüllte er so laut durch den gefliesten Kellergang, dass man beinahe ein Echo hätte hören können.

Jochen stand noch immer auf wackeligen Knien, aber er bemühte sich, möglichst sicheren Schrittes zum Behandlungsraum zu gehen. »Wieso haben Sie keinen Kittel an?«, schnauzte Polanski hinter ihm her. Jochen biss sich auf die Lippen. Wieder hatte er das unsagbare Bedürfnis, Polanski zum Schweigen zu bringen. Stattdessen aber sagte er: »Ich hatte Blut am Ärmel. Ich hole mir einen anderen aus dem Wäscheraum.«

Als Jochen das Labor betrat, saßen die Hunde noch immer dicht aneinander gedrängt auf dem Boden. Er machte sich an die ihm zugeteilte Aufgabe, die Stahlkäfige zu reinigen. Seit seinem ersten Arbeitstag hatte Polanski ihn fast täglich auf die Wichtigkeit einer verantwortungsbewussten Durchführung hingewiesen. »Die Hunde müssen unter hygienisch einwandfreien und standardisierten Bedingungen gehalten werden«, hatte er ihm wieder und wieder erklärt. Jochen konnte diesen Satz nicht mehr hören. Standardisierte Bedingungen. Für die Hunde bedeutete es, 24 Stunden auf blitzblanken Metalllamellen zu liegen, in einer ständig gleich bleibenden Temperatur leben zu müssen und zeit ihres jammervollen Daseins die gleichen Futterpellets zu fressen, die eigens für sie von einer Firma für Versuchstiernahrung hergestellt wurden. Jochen fühlte sich elend, er schwitzte und jede Handbewegung fiel ihm schwer. Der Schweiß tropfte von seinen Schläfen. Aber er reinigte, schrubbte und dachte nach. Warum kapieren die Leute in diesem Land nicht, was in den Labors abläuft? Warum denken sie über nichts nach? Er sah zu den Hunden, die, obwohl sie den ganzen Raum hätten nutzen können, nur da saßen, zusammengedrängt zu einem dichten Knäuel. »Sie bezahlen es auch noch mit ihren Steuergeldern«, sagte er leise, den Hunden zugewandt, »aber vermutlich sind sie sich dessen nicht einmal bewusst. Und ihr? Ihr seid so gutmütig und duldsam, dass es euch zum Verhängnis wird.«

Jochen füllte die Wasserbehälter auf und setzte die Hunde nach und nach wieder in ihre Käfige zurück. Erst als er sich dem letzten Hund zuwandte, bemerkte er, dass sein Vater in der Tür stand und ihn beobachtete.

»Wie lange bist du schon hier?«, fragte Jochen erschrocken und überlegte umgehend, ob ihn irgendetwas hätte verraten können.

»Eine Weile, ein paar Minuten«, antwortete sein Vater kühl. »Du machst deine Arbeit sorgfältig. Sieht aus, als hättest du dich eingearbeitet.«

Jochen hatte ein ungutes Gefühl.

»Allerdings behauptet Polanski das Gegenteil. Er meint, wir hätten die Stelle mit dir fehlbesetzt. Du wirst lernen müssen, ihn zu akzeptieren. Er leitet dieses Labor. Und er ist ein kompetenter und zuverlässiger Mitarbeiter, auf den jederzeit Verlass ist und dem ich voll und ganz vertraue.«

Jochen hätte am liebsten laut los gelacht über diese Lobhudelei, die einem Menschen zugedacht war, der seine Taten in drei weiteren Leben nicht mehr hätte gut machen können. Aber er beherrschte sich und schwieg.

»In der ersten Januarwoche beginnen wir mit den chirurgischen Eingriffen der geplanten Versuchsreihe«, fuhr sein Vater fort. »Du und Polanski werdet die regelmäßigen Messungen vornehmen.« Er legte eine Anschauungsmappe auf den Schreibtisch. »Wenn du mit deiner Arbeit fertig bist, arbeite bitte die Versuchsbeschreibungen anhand der Texte und Bilder durch. Unklarheiten können wir dann morgen in meinem Büro besprechen. Sagen wir um 10 Uhr. Henken wird auch da sein.« Mit einer winkenden Handbewegung verließ er den Raum.

Jochen fühlte sich erschöpft und krank. Er betrachtete die Anschauungsmappe. »Merkwürdig«, dachte er, »dass er die persönlich herbringt. Wollte er mich kontrollieren? Hat Polanski mich so massiv angeschwärzt?«

Ihm blieb keine Wahl. Wenn er nicht auffallen wollte, musste er sich mit den Details der barbarischen Planung vertraut machen. Er setzte sich an den Schreibtisch und schlug die Mappe auf. »Polanski wird nicht gewinnen«, dachte er und fing an zu lesen:

Unter Narkose wird das rechte Schienbein der Hunde durchgesägt und ein so genannter Ring-Fixateur angebracht. Dazu werden drei Metallstifte ober- und unterhalb der Frakturstelle durch den Knochen gebohrt. Von außen werden diese mit mehreren Metallstreben verschraubt und in die richtige Position gebracht. Bei einer vorher festgelegten Anzahl der Hunde werden mithilfe der Metallstreben zweimal täglich die Knochenenden um je 0,5 mm auseinander gezogen. Bei den vorher bestimmten Kontrollhunden wird der Frakturspalt nicht auseinander gezogen. Nach 25 Tagen endet das Auseinanderziehen. Hintergrund: Es soll eine mögliche Schädigung der umliegenden Nerven untersucht werden.

Jochen hielt sich beide Hände vors Gesicht. Verzweifelt schüttelte er seinen Kopf. »Zu was in aller Welt ist der Mensch nur fähig? Woher nimmt er nur das Recht, ein fühlendes Wesen so abgründig zu behandeln?« Obwohl ihm noch immer die Schweißperlen im Gesicht standen, fühlte er, wie sich eine eisige Kälte in ihm ausbreitete. Seine Hände fingen an zu zittern. Er war am Ende seiner physischen und psychischen Kraft. Er schob die Mappe zur Seite und sah an den Stahlkäfigen entlang. Vor seinen Augen saßen mehr als zwanzig Beagles, die darauf warteten, dass man ihnen die Knochen zersägte. Danach durften sie noch 25 Tage lang unter qualvollen Schmerzen weiterleben, bevor man sie durch eine Überdosis eines Barbiturates töten würde. »Nein, – nein, und noch Mal nein! Das kann ich nicht! Niemals werde ich mich daran beteiligen.« Er sah zu den Hunden und schüttelte den Kopf. »Ich werde euch diesem Schicksal nicht überlassen ...«

»Jochen, bist du noch hier?« rief Monika überraschend durch den Behandlungsraum. »Jochen?! Ach da bist du ja. Der Wareneingang hat bei uns angerufen. Sie haben eine Lieferung angenommen. Einen Beagle. Polanski hilft drüben bei uns. Ich soll dir von ihm sagen, dass du den Beagle holen und ihn in die Nummer drei setzen sollst. Er selbst geht nämlich gleich nach Hause. Hat ausnahmsweise auch mal was vor, unser Polanski.«

Jochen schluckte, er bekam kein Wort heraus. Er sollte einen Beagle abholen? Juli? Sie konnte es nicht sein. Sie sollte erst in ein paar Tagen geliefert werden. Aber er wusste nichts von einer anderen Bestellung. Seine Gedanken rotierten im Eiltempo.

»Was für eine Bestellung haben wir denn gemacht?«, fragte Jochen. »Ich weiß nur, dass Polanski in den nächsten Tagen die Ersatzhündin für die tot gelieferte Hündin aus der letzten Lieferung erwartet.«

»Ja«, rief Monika im Weggehen, »die ist heute schon gekommen. Der Fahrer hatte wohl eine Lieferung zum Flughafen. War ein Weg, da hat er sie hier abgesetzt.«

Jochen stand wie angewurzelt da. Er hatte von einer Sekunde auf die andere das Gefühl bewegungsunfähig zu sein. Er konnte nicht einmal mehr seine Finger bewegen. Sein Atem stockte unwillkürlich und es fiel ihm schwer, einen klaren Gedanken zu fassen. Wie lange hatte er auf diesen Moment gewartet? Und wie oft hatte er Angst, dass sein Plan nicht aufgehen würde und er keine Möglichkeit bekam, an Juli heranzukommen? Und jetzt würde es ihm so leicht gemacht? Er sollte einfach runter gehen und sie abholen. Man würde sie ihm zwei Meter vor dem Ausgang dieser Folterwerkstatt übergeben und er könnte ganz unkompliziert mit ihr gemeinsam verschwinden? So einfach konnte es nicht wirklich sein. War es vielleicht doch nicht Juli, die oben im Wareneingang wartete. Doch, sie musste es sein.

Nur ihre Lieferung stand noch offen. Dies war seine Chance. Er brauchte nur noch losgehen, sie nehmen und für immer mit ihr verschwinden. Was war nur mit ihm los? Warum beeilte er sich nicht? Er konnte seinen Plan beenden - jetzt, in diesem Moment.

Jochen sah in die angsterfüllten, traurigen Gesichter der Hunde, die er soeben wieder in ihre qualvoll, engen Behausungen gesetzt hatte. Er konnte sie nicht im Stich lassen. Wenn er jetzt gehen würde, wären sie verloren.

***

Lea hatte sich bereits am frühen Morgen auf den Weg zurück nach Berlin gemacht. Sie hatte ihre Taschen mit der üblichen Wehmut eines Abschieds gepackt. Wie viele dieser Abschiede sie in den letzten acht Jahren genommen hatte, wusste sie nicht mehr. Die schlimmsten ihrer Art aber waren jedes Mal wieder die, die von der weihnachtlichen Melancholie untermalt waren.

Die Fahrt war anstrengend. Der Schnee der letzten Tage hatte sich in Regen aufgelöst und der Zeit damit auch äußerlich ihren weihnachtlichen Glanz genommen.

Lea hatte das Autobahnkreuz Kassel bereits hinter sich gelassen. In ungefähr einer Stunde würde sie auf der A2 in Richtung Berlin sein. Wenn ihre Scheibenwischer durchhielten, wäre sie in insgesamt drei Stunden zu Hause.

Auf den Schildern war bereits die Gabelung Hannover – Braunschweig ausgewiesen. Lea setzte den Blinker und beschloss, eine kleine Pause zu machen.

»Was darf es sein?«, fragte die überaus freundliche Bedienung der Autobahnraststätte, ohne auch nur einen einzigen Blick über die Glasvitrinentheke zu werfen. »Einen Kaffee bitte«, sagte Lea und suchte nebenbei bereits das Geld aus ihrer Börse, um es der Dame mit dem Spitzenhäubchen auf den Kassierteller zu legen.

»Kommt sofort, einen kurzen Augenblick bitte, habe gerade den Filter gewechselt, dauert überhaupt nicht lange«, sang die Bedienung, fast im Takt mit dem dudelnden Ton des Handys, das im gleichen Moment in Leas Tasche klingelte. Auf dem Display las sie Hannes' Namen.

»Hannes! Das ist ja eine Überraschung. Wolltest du heute Vormittag nicht ein Fohlen auf diese Welt holen?«

»Lea, hör zu! Wo genau bist du jetzt? Bist du noch auf der A7 oder bist du schon abgebogen?« fragte Hannes hektisch, so als ginge es um Leben und Tod.

»Ich stehe hier in einer Raststätte noch an der A7. Was ist passiert, warum bist du so aufgeregt?«

»Lea, Jochen hat gerade angerufen. Er ist total panisch. Sie haben seine Juli früher gebracht als geplant. Er hat sie schon aus der Klinik herausgeschafft. Aber er sagt, es sei noch nicht möglich, dass er selbst schon verschwindet. Er hat sie mit samt der Kiste, in der sie geliefert wurde, in seinen Wagen gebracht. Jemand muss sie abholen. Und zwar mehr als schnell, bevor sie einer entdeckt. Rosalie würde viel zu lange brauchen, bis sie da wäre. Sie hat auch dazu die Nerven überhaupt nicht. Und ich stehe hier vor einer Stute, die ihr Fohlen nicht auf die Welt kriegt. Lea, ich kann hier nicht weg. Und du bist schon auf der halben Strecke. Jetzt zählt jede Minute.«

Lea sagte einen Moment lang nichts. Sie versuchte, das Durcheinander in ihrem Kopf zu sortieren. Vor zwei Tagen hatte Hannes sie noch eindringlich darum gebeten, sich aus dieser Aktion herauszuhalten. Beinahe hätte er ihr überhaupt nichts von allem erzählt. Und jetzt? Jetzt sollte sie an den Ort des Geschehens fahren und ....

»Hannes, ich versteh überhaupt nichts. Jochen hat die Hündin praktisch schon im Auto und kann jetzt nicht weg aus dem

Laden? Was soll das denn jetzt? Warum nimmt er sie denn nicht und verschwindet, so wie es geplant war?«

»Ich weiß es nicht. Er hat nur gesagt, er würde mir alles später erklären. Er klang total verzweifelt und hat mich so inständig darum gebeten, sofort zu kommen, um die Hündin aus seinem Wagen zu holen, so dass ich auch nicht weiter nachgefragt habe, warum und wieso. Dafür war auch überhaupt keine Zeit.«

»Oh nein Hannes, das darf jetzt alles nicht wahr sein. Ich weiß doch gar nicht, wo genau ich hin muss. Ich kenn mich da überhaupt nicht aus. Und bis ich da bin, ist es vermutlich stockfinster. Man sieht doch heute ohnehin die Hand vor Augen nicht. Wie soll ich denn jemals die Klinik finden?«

»Lea, du hast schon ganz andere Dinge geschafft. Bitte fahr los. Wenn du auf der A7 bleibst, kannst du dich doch gar nicht verfahren. Und wenn du in der Stadt immer Richtung Zentrum fährst, kannst du auch das Klinikum nicht übersehen. Es ist doch überall ausgeschildert. Überleg doch mal, wenn jemand die Kiste in Jochens Auto entdeckt, dann war's das. Und du bist höchstens eine halbe Stunde von dort entfernt. Besser kann's doch nicht laufen.«

»Und was dann, Hannes? Was, wenn ich jemals da ankommen werde, was soll ich dann tun?«

»Dann gehst du zu Jochens Auto, möglichst unauffällig. Es steht schräg gegenüber dem Haupteingang. Du kennst den alten Volvo doch, oder? Der Autoschlüssel liegt auf dem rechten Hinterrad. Nimm den Schlüssel und fahr den Wagen dort weg. Egal wohin. Ein paar Straßen weiter. Vor der Klinik ist es zu gefährlich, die Kiste in deinen Wagen umzuladen. Du kannst dort von jedem Fenster aus beobachtet werden. Aber wenn du einfach einsteigst und den Wagen weg fährst, wird das niemanden interessieren.«

»Hannes, und wenn ich die Klinik nun doch nicht finde?«

»Du findest sie Lea. Glaub mir!«

Lea wurde nervös. In ihrem Magen machte sich ein unbeschreiblich flaues Gefühl breit. Lag es jetzt tatsächlich an ihr, ob Jochen aufflog oder nicht? Lag es jetzt allein in ihrer Hand, welches Leben dieser Hündin bevorstand? Ihr blieb keine Wahl. Sie packte ihr Handy ein, erklärte der Dame hinter der Glasvitrine kurz, dass sie nicht mehr warten könne, und lief eiligen Schrittes zum Auto. Wenige Minuten später war sie bereits wieder auf der A7. Sie fuhr mit 160 km/h über die Autobahn, obwohl sie durch das Zusammenspiel aus Regen und beleuchtetem Gegenverkehr kaum etwas sehen konnte und genau genommen nicht einmal wusste, wohin sie so eilig fuhr. Sie wusste nur, dass sie Jochens alten Volvo irgendwo wegholen sollte, um ihn dann irgendwo hinzubringen, wo sie bereits zuvor ihr eigenes Auto abgestellt hatte.

In ihrem Kopf kreisten unzählige Fragen. Warum konnte Jochen nicht einfach verschwinden, so, wie er es geplant hatte und sich gemeinsam mit Juli auf den Weg zu Hannes machen, um sie von ihm medizinisch versorgen zu lassen? Wie sollte das Ganze eigentlich weitergehen? Was sollte sie machen, wenn sie die Kiste umgeladen und Juli in ihrem Auto hatte? Wo sollte sie dann hin mit ihr? Dazu hatte Hannes ihr nichts gesagt.

Lea versuchte, sich auf die Fahrt zu konzentrieren. Sie musste vorerst nur das tun, was mit Hannes besprochen war. Nicht mehr und nicht weniger. Sie musste die Klinik finden und den alten Volvo wegfahren.

Insgeheim wünschte sie sich, dass sie endlich aufwachte und erleichtert feststellen durfte, dass das alles nur ein Traum war. Aber anstatt sich erwachend in ihrem Bett wieder zu finden, befand sie sich eine halbe Stunde später bereits auf dem Stadtring. Und ohne sich ein einziges Mal zu verirren, kam sie zielsicher auf dem Parkplatz des Klinikums an. Der alte Volvo stand genau an dem Platz, an dem er stehen sollte. »Perfekt«, dachte Lea, »bis jetzt funktioniert ja alles wie am Schnürchen. Hauptsache, ich schaff' es jetzt auch, diese Riesenkarosse aus der Parklücke zu jonglieren.« Lea ging um den Wagen herum und achtete möglichst unauffällig darauf, ob Passanten sie beobachteten. »Oh nein«, dachte sie ganz unwillkürlich, »ich schleiche hier herum wie ein Autodieb. Fehlt nur noch die Polizei.«

Nach einigem Vor und Zurück hatte sie das vierräderige Schlachtschiff aus der Parklücke auf die Straße befördert und fuhr es zwei Blocks weiter auf einen unbewachten, dunklen Parkplatz, auf dem sie zuvor ihren eigenen Wagen abgestellt hatte. Während sie in ihrer Tasche kramte, um ihr Handy zu suchen, fiel ihr ein weißer Zettel auf, der im Fußraum des Beifahrersitzes leuchtete.

»Hannes, bitte nimm sie beide mit. Und begrab den alten Knaben auf Rosalies Grundstück. Mehr später. Bis zum Wiedersehen, Jochen.«

Da Lea ohnehin aufgegeben hatte zu verstehen, was hier vor sich ging, bemühte sie sich auch nicht, den Inhalt dieses Satzes zu begreifen. Sie legte den Zettel auf den Sitz neben sich und wählte Hannes Nummer.

»Hannes, ich bin's. Ich sitze in Jochens Auto, irgendwo auf einem Parkplatz weit ab vom Publikumsverkehr. Ich werde mich jetzt um die Kleine da hinten kümmern. Aber ich hätte noch eine nicht unwichtige Frage: Wo soll ich eigentlich hin mit ihr?«

Einen Augenblick lang antwortete Hannes ihr nicht. Dann sagte er, und es klang irgendwie desorientiert: »Ich komme hier einfach nicht weg aus diesem Stall, Lea. Die alte Stute schafft es ohne mich nicht. Sie steht kurz vor der Geburt.«

»Hannes! Was erzählst du mir denn da? Ich muss wissen, wie es hier weitergeht.«

»Lea, ich wollte damit sagen, dass ich die Hündin nicht abholen kann. Nimm sie doch erstmal aus der Kiste. Sie muss da dringend raus. Laut Jochen muss ein Halsband und eine Schnur irgendwo daneben auf der Ladefläche liegen.«

Lea warf einen Blick nach hinten. »Ja, alles da. Ich hol sie da jetzt erstmal raus und melde mich gleich noch mal.« Sie warf das Handy auf den Beifahrersitz, sprang aus dem Wagen und öffnete augenblicklich die Klappe des Kombis. Vorsichtig zog sie das Tuch, das Jochen über die geöffnete Kiste gelegt hatte, herunter.

Da saß sie.
Mucksmäuschenstill.
Die kleine Hündin mit der hellblauen Marke am Behang.
Zitternd, ängstlich, wartend.
Nass vom eigenen Urin und schmutzig vom Erbrochenen.

Lea versuchte, das Durcheinander in ihrem Kopf zu sortieren. Es war erst wenige Tag her, dass Hannes ihr von der geplanten Rettung dieser Hündin erzählt hatte. Er hatte ihr erklärt, wie waghalsig und gefährlich diese Aktion sei, und dass es alles in allem Diebstahl wäre. Und jetzt? Jetzt hatte er sie soeben an den Ort des Eigentlichen dirigiert. Jetzt stand sie vor dieser kleinen Hündin, die in einem Wagen saß, den sie genau genommen auch gerade entwendet hatte und jetzt war sie es, die diese waghalsige Aktion zu Ende brachte. Und zwar ganz allein.

Lea betrachtete das armselige Geschöpf, das vor ihr saß. Geduckt wandte die kleine Hündin ihr Köpfchen zur Seite.

»Hab keine Angst, wir beide kriegen das schon hin«, sagte Lea ganz leise und versuchte sanft das Fell der Hündin zu berühren. »Wir zwei sitzen sozusagen jetzt in einem Boot.« Leas Hand streichelte vorsichtig über die Schulter der Hündin. »Man könnte auch sagen, wir werden in wenigen Minuten gemeinsam auf der Flucht sein. Was hältst du davon? Gefällt dir das?«

Lea nahm das Halsband und versuchte es der Hündin umzulegen, während sie nebenbei weiterhin irgendwelche beruhigenden Sätze säuselte. »Er will dich Juli nennen. Wusstest du das schon? Was denkst du? Sind wir damit einverstanden?«

Juli wehrte sich nicht. Sie blieb regungslos sitzen, lauschte der Stimme, die sie nicht kannte und wartete, was geschehen würde.

Während Lea die Schnur am Ring des Halsbandes festknoten wollte, sah sie neben der Kiste ein in weißem Stoff eingeschlagenes Bündel liegen.

... bitte nimm sie beide mit ...,

Lea ahnte das Schlimmste. Vorsichtig fühlte sie über den weißen Stoff. Ein lebloser Körper. Sie atmete tief durch. Wie war es Jochen nur möglich, das alles über Wochen auszuhalten?

Lea nahm Juli aus der Kiste und setzte sie neben den Wagen auf den Parkplatz. »Komm Juli, da drüben ist ein Grünstreifen. Lass uns ein paar Schritte laufen. Ich darf mir gar nicht vorstellen, wie viele Stunden du in dieser Kiste gehockt hast.« Lea versuchte Juli zu locken, aber sie bewegte sich nicht. Ihr gesamtes Weltbild brach in diesem Moment zusammen. Alles war ihr fremd. Der Boden, auf dem sie stand, der Mensch, den sie sah, die Luft, die sie atmete.

Lea holte die Wasserflasche und hielt Juli ein Schälchen vor. Sie trank nichts. Lea planschte mit ihrem Finger in dem Wasser herum, um Juli darauf aufmerksam zu machen. Es half nichts. »Ach mein Schätzchen, du machst es mir nicht gerade leicht.« Lea tupfte ihr ein paar Wassertropfen an die Lefzen. Die kleine Hündin ließ es geschehen. Lea wiederholte es und nach ein paar Versuchen zeigte sich eine blasse Zunge, die sich den ersten Tropfen von der Nase schleckte.

Lea bemerkte, dass Julis Schleimhäute kaum noch Farbe hatten und fast weiß aussahen. »Oh nein, das fehlt uns beiden gerade noch. Wir sind auf der Flucht, meine Süße. Schlapp machen gilt jetzt nicht.« Lea streichelte ihr behutsam über den Kopf. An ihrem Behang sah sie die blaue Ohrplakette und die Nummer, die Jochen nicht vergessen hatte: MY-98-432. »Du bist so kurz vorm Ziel«, flüsterte Lea, »halt noch ein bisschen durch, dein Leben beginnt gerade erst.« Lea griff unverzüglich zum Handy und wählte Hannes Nummer.

»Hannes, ich glaube, der kleinen Maus hier geht es ziemlich schlecht. Ihre Lefzen sind total blass, fast weiß. Was mach' ich, wenn sie kollabiert?«

»Lea, pack sie bitte in dein Auto und komm mit ihr zurück hierher. Du kannst sie dort zu keinem Tierarzt bringen. Du weißt nicht, an wen du gerätst. Sie trägt eine Ohrmarke, denk daran!«

Lea überlegte. Sie suchte nach einer anderen Lösung. Einer Lösung, die ihr die Fahrt zurück nach Hessen ersparen könnte.

»Lea, bist du noch da?« fragte Hannes, der, ungefähr 200 Kilometer entfernt, mindestens genauso viel Herzklopfen hatte wie sie selbst. »Du kannst sie in keinem Fall mit nach Berlin nehmen. Was für eine Geschichte willst du dort erzählen? Vielleicht, dass Juli irgendwo am Straßenrand saß und nicht wusste, wohin sie sollte? Mit einer Ohrmarke incl. Identifikationsnummer? Lea, du musst zurückkommen. Es geht nicht anders.«

Lea hielt das Handy wortlos in ihrer Hand. Sie sah auf das in weißen Stoff eingeschlagene Bündel. Sie konnte diesen toten Hund nicht einfach hier lassen.

»Oh nein Hannes! Das kann doch alles nicht wahr sein. Ich stehe hier irgendwo auf einem abgelegenen Parkplatz mitten in Niedersachsen vor einem von mir selbst entwendeten Auto, mit einer gestohlenen Hündin, deren Kreislauf vermutlich in den nächsten Minuten zusammenbrechen wird und mit einem ebenfalls gestohlenen, toten Hund, der in einem Kittel des Klinikums Norddamm verpackt ist. Und obwohl ich morgen in der Früh einen Termin in Berlin habe, den ich in keinem Fall absagen kann, bleibt mir nichts anderes übrig, als mich wieder auf den Weg zurück nach Hessen zu machen. – Richtig? – Richtig!«

»Lea, siehst du im Moment eine Alternative?« fragte Hannes, ohne auf den toten Hund einzugehen, den Lea soeben in ihrer Zusammenfassung erwähnt hatte.

Lea schüttelte den Kopf. »Um ehrlich zu sein, nein, sehe ich nicht.«

Nach einer kleinen Pause sagte sie dann entschlossen: »Also bis nachher, ich werde mich auf den Weg machen.«

Sie packte das Handy in die Tasche, legte den toten Hund in den Kofferraum ihres Wagens und setzte Juli auf eine weiche Decke in den Fußraum des Beifahrersitzes.

Lea hatte das Autobahnkreuz Kassel längst wieder hinter sich gelassen, als sie bemerkte, dass Juli ihr Köpfchen hob und sie ansah.

Lea lächelte.

»Es dauert nicht mehr lange, Juli. Dann bist du zu Hause.«

***

Ich wage ein neues Leben,
Ich wage einen Schritt nach vorn.
Ich wage mich in ein unbestimmtes Land.
Ich wage einen neuen Anfang.
Ich wage zu leben.

(Roland Leonhard)

Rosalie hatte ein wunderschönes Türschild anfertigen lassen, das den Eingang ihres Hofes zierte. In malerischen Ziffern stand dort geschrieben: Hier wohnen Jochen, Rosalie und Juli. Und gleich neben dieser Zeile lachte das glückliche Gesicht einer kleinen Beaglehündin die Besucher an.

Rosalie saß an dem alten Dielentisch und wickelte voller Vorfreude auf das Weihnachtsfest einen großen Adventskranz, den sie mit roten Schleifen an einem der Deckenbalken in der Diele befestigen wollte. Während sie liebevoll einen Zweig an den anderen sortierte und sie alle mit künstlerischem Geschick miteinander verflocht, beobachtete sie die kleine Juli, wie sie mit eisernem Willen versuchte, ein Stückchen von dem widerspenstigen Büffelhautknochen abzubeißen. Sie hatte ihn bereits mit größter Sorgfalt an beiden Enden weich gekaut. Rosalie musste schmunzeln. Sie wusste bereits, wie dieses Schauspiel enden würde, wenn Julis Bemühungen erfolglos blieben. Sie würde aufspringen, den Knochen böse anknurren, die Decke, auf der sie soeben noch lag, mit beiden Vorderpfoten gleichzeitig nach hinten scharrend durch die Lüfte wirbeln, um dann die darin verschwundene Büffelhaut wieder auszugraben. Danach würde sie seufzend und erschöpft vor dem Knäuel ihrer Decke sitzen und Rosalie aus enttäuschten Augen Hilfe suchend ansehen. Rosalie kannte dieses Spektakel nur zu gut. Es wiederholte sich täglich mindestens zwei oder drei Mal, manchmal auch öfter.

Fast ein Jahr lebte Juli jetzt auf dem Rosenhof. Sie war eine glückliche und zufriedene Hündin geworden.

Am Tag ihrer Ankunft hatte niemand daran geglaubt, dass sie den Schritt in ihr neues Leben schaffen würde. Ihr Gesundheitszustand war so instabil, dass Hannes zwei Tage und zwei Nächte daran gezweifelt hatte, sie retten zu können. Aber Juli hatte einen starken Willen und sie kämpfte um das Leben, das ihr bis dahin vorenthalten worden war.

Die ersten Wochen waren nicht einfach für die kleine Hündin. Sie hatte sechs Monate ihres jungen Lebens in einem dunklen Keller unter künstlichem Licht verbracht, ohne Kontakt zur

Außenwelt. Sie wusste nicht, dass es eine Sonne gibt, dass der Tag hell und die Nacht dunkel ist. Sie hatte nie eine grüne Wiese gesehen, nie das Zwitschern der Vögel gehört oder das Plätschern eines Baches. Sie war noch nie durch den Regen gelaufen und sie hatte noch nie mit den Blättern gespielt, die der Wind über die freien Felder trug. Juli war von den vielen neuen Eindrücken, Menschen, Gerüchen und Geräuschen völlig überfordert gewesen. Wochenlang hatte sie jede Gelegenheit genutzt, sich hinter dem Sofa zu verstecken. Wie versteinert saß sie dann da, immer mit dem Gesicht zur Wand. Jochen hatte sich jedes Mal mit ausreichendem Abstand zu ihr gesetzt. Mit Zuspruch und endloser innerer Ruhe hatte er es geschafft, sie in immer kürzerer Zeit aus ihrem Versteck hervorzulocken. Aber jedes fremde Geräusch hatte Juli erneut in Panik geraten lassen. Mal war es der Fernseher, mal das Telefon, mal die Stimme des Nachbarn und mal das Verschieben eines Stuhles. Juli war auf einem fremden Planeten gelandet. Sie kannte nichts und niemanden. Wenn sie müde war, fand sie keinen Mut, sich zum Schlafen hinzulegen. Sie schlief im Sitzen ein, schreckte bei jedem Knistern hoch, döste wieder ein und erschrak erneut.

Rosalie und Jochen brachten für Juli unendliches Verständnis, maßlose Geduld und eine grenzenlose Liebe auf. Sie schenkten der kleinen Hündin jeden Tag 24 Stunden ihrer Zeit. Und sie waren für jeden kleinen Schritt, den sie zusammen mit ihr in Richtung Zukunft gesetzt hatten, dankbar und überglücklich.

Innerhalb des Hauses wurde Juli bald sicherer. Ihre Bewegungen wurden lockerer. Ihre Ruhepausen entspannter. Und wenn sie schlief, schlief sie ruhig und tief.

Aber die Welt draußen versetzte sie immer wieder in Panik. Bereits das unerwartete Öffnen der Haustür reichte aus und Juli lief minutenlang orientierungslos im Kreis. Sie lief und lief, bis sie vor lauter Erschöpfung zu einem kleinen Häufchen Elend zusammenbrach. Beruhigen konnte sie niemand. Es war unmöglich, während dieser nicht kontrollierbaren Abläufe zu ihrem Bewusstsein durchzudringen, um sie in die Gegenwart zurückzuholen.

Doch Juli lernte. Sie lernte, dass in ihrem neuen Leben die Welt anders aussah, sich anders anhörte und völlig anders roch. Und sie lernte, dass das Leben in dieser neuen Welt nicht mehr aus Angst, sondern aus Liebe und Vertrauen bestand.

Juli wurde zusehends neugieriger. Nach knapp acht Wochen war sie stubenrein. Ihr Fell fing an zu glänzen und ihre Augen waren lebendig geworden.

Und wenn Rosalie und Jochen die Leine holten, wedelte sie bereits zaghaft mit dem Schwänzchen.

Die Spaziergänge begrenzten sich in den ersten Monaten auf wenige Minuten. Juli ermüdete geistig und körperlich sehr schnell. Ihre Muskeln waren durch die lange Zwingerhaltung stark unterentwickelt. Rosalie dehnte die Spaziergänge so langsam aus, dass Juli kaum merkte, wie sie sich mit jedem neuen Tag ein kleines bisschen weiter vom Haus entfernte und sich Schritt für Schritt ein Stückchen mehr von der großen, fremden Welt erarbeitete.

Nach einem halben Jahr war Julis Interesse an dem, was das Leben für sie bereithielt, nicht mehr aufzuhalten. Sie lernte begeistert die Treppen zum Obergeschoss zu erklimmen, sie lernte spielend, erste kleine Kommandos auszuführen und sie lernte, dank einer kleinen Welpengruppe, die Hannes ins Leben gerufen hatte, auch Hunde zu akzeptieren, die anders aussahen als Beagles und die sie bisher genau wie fremde Menschen als bedrohliche Wesen empfunden hatte.

Nur mit dem Esel Fritz und den Ziegen wollte sie sich nicht anfreunden.

Rosalie legte den fertig gebundenen Kranz auf den Tisch, um die dazugehörigen Schleifen zu binden, als sie das klagende Geräusch des Gartentores hörte. Juli sprang auf. Sie lauschte.

Dann sauste sie wie ein Blitz durch die Hundeklappe, die Jochen eigens für sie eingebaut hatte, nach draußen.

Rosalie hörte bereits am Freudengebell, dass Jochen zurück sein musste. Er hatte sich endlich von Hannes dazu überreden lassen, einen Arzt aufzusuchen, um die Ursache seiner immer noch auftretenden Schwindelanfälle untersuchen zu lassen.

»Rosalie! Wo bist du?«, rief er, während er den Schlüssel bereits wieder aus dem Schloss der Haustür zog. »Rosalie!!!«

Rosalie grinste und blieb still sitzen. »Juli, such dein Frauchen, such sie!«, feuerte Jochen seine kleine Hündin an. Und sofort machte sie sich einen Spaß daraus, volle Kraft voraus in Richtung Dielentisch zu rennen und mit einem Satz auf Rosalies Schoß zu springen. »Hey, was kommt da denn für ein Wildfang angebraust?«, rief Rosalie fröhlich.

»Prima Juli! Du hast sie gefunden! Super! Du hast es geschafft, ganz toll gemacht!«, jubilierte Jochen und Juli präsentierte sich ihrem geliebten Herrchen stolz und hocherhobenen Kopfes.

Jochen umarmte Rosalie. »Hast du mich vermisst?«, fragte er. Und Rosalie antwortete lachend: »Was denkst du denn, du warst mindestens eine ganze Stunde weg!«

Jochen betrachtete Rosalies weihnachtliches Kunstwerk. »Der Kranz wird schön werden«, meinte Jochen. »Soll ich ihn nachher aufhängen? Dann hole ich schon mal die Leiter?« Rosalie sah Jochen eindringlich an. »Jochen, was hat der Arzt gesagt? Woher kommen deine Aussetzer?«

Jochen versuchte das Thema zu umgehen. Er ging nicht auf Rosalies Frage ein. »Rosalie, mal ehrlich, ist das nicht verrückt? So viele Jahre kennen wir uns nun schon und so viele Weihnachten haben wir bereits gemeinsam mit Freunden in diesem Haus verbracht. Glaubst du wirklich, wir haben es die ganze Zeit nicht gemerkt, was wir füreinander empfinden? Oder haben wir es uns einfach nur nicht eingestehen wollen?« Jochen setzte sich zu Rosalie auf die Bank und legte seinen Arm um ihre Schulter.

Rosalie überlegte eine Weile. Woher kam jetzt auf einmal diese Melancholie? Eine Stimmung, die eigentlich nicht typisch für Jochen war.

»Na ja«, meinte Rosalie, »vielleicht fehlte uns einfach die Gelegenheit dazu. Und wenn ich damals nicht auf die Idee gekommen wäre, dass ihr beide zunächst hier einzieht, wer weiß, ob wir dann jemals die Gelegenheit gefunden hätten?«

Jochen grinste. »Du meinst, ohne Juli hätten wir es uns vielleicht bis heute nicht eingestanden?«

»Kann ich euch helfen bei eurer Analyse?«, fragte Hannes, während er überraschend in die Diele platzte. »Entschuldigt bitte, aber die Tür stand offen. Habt ihr heute schon Zeitung gelesen? Es gibt einen Artikel, der euch bestimmt interessieren wird!«

Während Hannes Jochen die Zeitung reichte, drehte Juli vor lauter Freude über Hannes' Erscheinen bereits die dritte Begrüßungsrunde durchs Haus.

»Lies mal Jochen, du wirst begeistert sein«, sagte Hannes und erwiderte augenblicklich Julis Spielaufforderung. »Ich pack' sie mir!!! Gleich hab ich dich!!!« Juli jauchzte vor Lebensfreude und verschwand mit Hannes im Hof.

Jochen nahm die Zeitung und überflog aufgeregt die Zeilen. »Hör mal Rosalie, was hier steht«:

Beaglebefreiung im Klinikum Norddamm

Ein Jahr nach der mysteriösen Befreiungsaktion von mehr als zwanzig Beagles aus einem Versuchslabor des Klinikums Norddamm ist nach wie vor unklar, wie die Aktivisten es schaffen konnten, die Tiere vom Klinikgelände zu holen. Der damalige Leiter des Labors, Prof. Dr. Hein Matthiesen, sprach von 25 gestohlenen Hunden.

In der Nacht vom 16. auf den 17.12.199x hatten unbekannte Tierbefreiungs-Aktivisten Beagles aus dem klinikeigenen Tierversuchslabor befreit. Gestern, fast ein Jahr später, ging ein anonymes Bekennerschreiben im Büro der neuen Klinikleitung, Dr. Henken Matthiesen, ein, in dem sich die Aktivisten selbst als namenlose Gruppe bezeichnen.

»Wir sind eine kleine, unbekannte Gruppe von Tierbefreiungs-Aktivisten. Wir befreien Tiere aus Anlagen, in denen sie gequält werden. Ganz gleich ob aus Laboratorien, Pelzfarmen oder sonstigen Misshandlungsstätten. Wir übergeben die befreiten Tiere dorthin, wo sie frei von Leiden bis an ihr natürliches Lebensende leben dürfen. Wir zeigen den Horror und die Gräueltaten, denen Tiere hinter verschlossenen Türen ausgesetzt sind, mit Hilfe von gewaltfreien Aktionen auf.

Die Beagles, die am 17.12.199x aus dem Klinikum Norddamm von uns befreit wurden, leben jetzt in Freiheit bei Menschen, die sie aufgenommen haben und sich um sie kümmern.

Solange Tiere missbraucht werden, wird es Menschen geben, die die Mauern der Labore überwinden und die Tiere aus ihrer Gefangenschaft befreien und sie vor einem qualvollen Tod retten. Mit diesem Brief wollen wir uns in Erinnerung bringen. Es gibt uns und es wird uns weiterhin geben.«

»Was sagst du dazu?«, fragte Jochen, ohne Rosalie dabei anzusehen. »Henken hat die Leitung der Klinik übernommen.« Er starrte nachdenklich auf den Zeitungsartikel. »Sag mal, versteh ich das richtig? Die planen doch eine neue Aktion, oder?« Er schob die Zeitung beiseite und meinte: »Weißt du, ohne sie hätte es damals schlecht ausgesehen für mich. Du glaubst gar nicht, wie schnell die sich organisiert hatten. Die haben nicht eine einzige Sekunde überlegt, als ich sie an dem Nachmittag angerufen und um Hilfe gebeten hatte. Ohne sie und ohne Lea hätte ich keine Chance gehabt.«

Rosalie atmete tief durch. Sie hörte die Euphorie in seiner Stimme und sie spürte, wie in ihm der Kampfgeist gegen die Ungerechtigkeit wieder erwachte. »Jochen, es war die Hölle, die du in diesem Labor durchlebt hast und du wärst damals fast daran zerbrochen. Wir haben eine Abmachung. Du hast mir versprochen, bei solchen Aktionen nie wieder dabei zu sein.«

Jochen schüttelte protestierend den Kopf. »Ich habe vorerst nur versprochen, mich solange zurückzuziehen, bis die Ursache meiner Schwindelanfälle geklärt ist.«

»Apropos«, rief Hannes, der völlig aus der Puste war, als er wieder hereinkam, weil Juli ihm mit ihrer Spieltechnik zweifelsfrei überlegen war, »das ist das Stichwort! Was hat eigentlich dein Arzt gesagt? Oder warst du etwa wieder nicht bei ihm?«

»Doch, selbstverständlich. Ihr lasst ja sonst nicht locker. Ich hab' vorerst ein paar weitere Termine bekommen. Ihr solltet echt nicht so ein Drama daraus machen«, erklärte Jochen beiläufig und überflog nebenbei noch einmal den Zeitungsartikel.

»Mensch Jochen, du kippst laufend um, und wir sollen kein Drama daraus machen. Du hast vielleicht Nerven!«, widersprach Hannes. »Wenn du schon nicht an dich denken willst, dann denk an Rosalie. Sie hat Angst um dich.«

Das Argument zählte bei Jochen offensichtlich. Er legte die Zeitung weg und dachte einen Moment lang nach. Dann sah er Rosalie an und sagte: »Ich muss im Januar für ein paar Untersuchungen ins Krankenhaus. Heute hat er ein EKG geschrieben und die komplette Anamnese gemacht und endlose Fragen gestellt. Ob ich rauche, ob ich unter Bluthochdruck leide, ob ich mich ausreichend bewege, ob ich zuviel Fett esse und so weiter und so weiter. Eben das Übliche. Jedenfalls meinte er, wir sollten zunächst in aller Ruhe Weihnachten feiern und im Januar soll ich mich dann im Krankenhaus zu allen weiteren Untersuchungen anmelden. Überweisung liegt bereits im Auto.«

Rosalie sah Jochen an und spürte, wie sich das Gefühl der Angst um ihn verselbstständigte. Sie hatte ein ungutes Gefühl. Irgendetwas beunruhigte sie.

»Rosalie«, sagte Jochen, der bereits ahnte, dass an dieser Stelle unzählige ‚wenn' und ‚aber' kommen würden, »bitte, tu mir einen Gefallen, lass das Thema bis dahin ruhen. Einverstanden?«

Rosalie war nicht einverstanden. Aber sie nickte: »Es wird mir schwer fallen, aber meinetwegen!«

***

Die Nacht hatte die Welt in einen stimmungsvollen, vorweihnachtlichen Zauber gehüllt. Die grünen Felder und Wiesen versteckten sich unter einer endlos scheinenden, glitzernden Schneedecke.

Hannes war früh morgens zu einem Notfall in ein nahe gelegenes Dorf gerufen worden. Und Lea wollte die Zeit bis zum Frühstück nutzen und den Morgen in seiner prachtvollen Einsamkeit genießen. Sie war erst am Abend zuvor angekommen und sie hatte, wie immer an ihrem ersten Morgen, das Gefühl, in einer anderen Welt aufgewacht zu sein.

Lea lief durch die eingeschneiten Wiesen, die weit bis in den Horizont reichten und alle zum Rosenhof gehörten. Sie war ungefähr zehn Minuten unterwegs, als sie vor einem kleinen, mit Buchsbaumsetzlingen umpflanzten Fleckchen Erde stehen blieb, in dessen Mitte eine selbst geschnitzte Holztafel stand, auf der ein Name zu lesen war. Sie hockte sich vor das kleine, verschneite Grab und wischte mit ihrer Hand den Schnee von den Buchstaben, die kunstvoll in das Holz gearbeitet waren. »Jonny! – Er hat dich Jonny genannt«, sagte Lea leise und sie fragte sich, warum sie noch immer diese unbeschreibliche Traurigkeit empfand, wenn sie an ihn dachte. Sie hatte diesen

Hund doch nie kennen gelernt. Sie hatte ihn nie gesehen. Aber sie hatte ihn gefühlt. Verpackt in einem blutigen, weißen Kittel. Und sie hatte ihm hier draußen ein kleines Stückchen der Würde zurückgegeben, die man ihm zeit seines traurigen Lebens genommen hatte.

»Du wirst bei mir immer einen Gefallen gut haben«, flüsterte Jochen, der ganz plötzlich und überraschend aus dem Nichts aufgetaucht war.

»Jochen! Hast du mich erschreckt. Was machst du denn schon hier draußen, so früh am Morgen?«

Jochen schaute nachdenklich auf das kleine Grab des alten Rüden. »Lea, das werde ich dir nie vergessen!« Lea sah Jochen an. Aber sein Blick haftete unverändert auf den Buchstaben der kleinen Holztafel.

Schweigend standen sie eine Weile nebeneinander. Weit draußen in der Stille eines frühen Morgens. Nur das Plätschern des nahen Baches konnte man vernehmen und das Rauschen des Windes, der einsam seine Bahnen durch die Baumwipfel des angrenzenden Waldes zog.

»Wirst du hier glücklich sein können, Jochen?«, fragte Lea leise, während sie nachdenklich die aufgehende Sonne betrachtete.

Jochen sah Lea an. Auf seinem Gesicht lag ein liebevolles Lächeln. »Rosalie würde sich nie von dem Rosenhof trennen. Sie hat sich mit diesem Hof ihren Lebenstraum erfüllt. Und er bedeutet ihre Existenz. – Und für Juli ist es ein Paradies. Sie kennt hier draußen bereits jeden Grashalm. Es ist ihre Welt. Hier fühlt sie sich sicher.«

Jochen schaute wieder auf das kleine Grab. Dann sagte er mit ernster Stimme: »Die beiden, Lea, die beiden sind meine Welt, sie bedeuten mir alles. Und trotzdem habe ich auch Angst vor der Zukunft hier auf dem Hof. In den Nächten liege ich oft wach. Manchmal träume ich noch davon, wie ich ihn in meinen Armen durch den endlos langen Flur getragen habe. Wie ich ihn auf die Wiese gelegt habe und in seinen Augen dieser Glanz lag, so als würde er mir seine Begeisterung ausdrücken wollen über das Leben jenseits des ....« Jochen winkte ab und unterbrach sich selbst. »Was ich eigentlich sagen will, Lea, vor einem Jahr haben wir zwei es geschafft, Juli vor einem unvorstellbaren, langsamen Tod zu bewahren. Und ich konnte mithilfe von ein paar Freunden sogar noch über zwanzig weitere Laborbeagle vor einem entsetzlich grausamen Versuch schützen. Aber wirklich geändert, Lea, habe ich nichts, überhaupt nichts.«

Lea wusste genau, was er ihr sagen wollte. Er war ein Aktivist, der sich dem Elend immer an vorderster Front gestellt hatte. Er hatte immer gesagt, dass er die Welt vermutlich nicht verbessern kann, aber ein kleines Stück davon könnte er jeden Tag verändern. Das hatte er sich zur Aufgabe gemacht und das war bisher sein Leben gewesen. Jetzt hatte er Angst vor der inneren Leere, vor dem Nichtstun, obwohl er überall die Notwendigkeit sah. Und er hatte Angst davor, dass er in seinem neuen Leben keinen inneren Frieden finden würde.

»Jochen, du musst dich nicht unbedingt an die Front begeben, um zu helfen. Halt weiterhin deine Vorträge, klär die Leute auf. Du kannst von hier aus organisieren und aufmerksam machen. Oder was hältst du davon, wenn du befreite Versuchsbeagles aufnehmen würdest, um sie auf das Leben in einer Familie vorzubereiten? Niemand kann besser verstehen, was sie hinter sich haben, als du.«

Jochen nickte zögerlich. Mit einemmal sah er Lea eindringlich an. »Lea, mein EKG sah kürzlich nicht gut aus. Der Arzt wollte mich umgehend ins Krankenhaus einweisen. Er vermutet, dass ich an Herzrhythmusstörungen leide und ich deshalb auch immer wieder diese spontanen Aussetzer habe. Hannes und Rosalie habe ich davon noch nichts erzählt. Hannes hätte mich längst in die Klinik gezerrt und Rosalie ....«

»Jochen!«, unterbrach Lea ihn entsetzt, »Herzrhythmusstörungen können lebensgefährlich sein. Damit solltest du nicht zu leichtfertig umgehen.«

Jochen nickte. »Das weiß ich, Lea. Aber ich möchte Weihnachten zu Hause sein. Zum ersten Mal, Lea, Weihnachten zu Hause sein. Verstehst du das?«

Lea nickte. Niemand hätte ihn in diesem Moment besser verstehen können. Und trotzdem machte ihr der Gedanke Angst.

»Lea, ich möchte dich um etwas bitten.« Er zog einen Briefumschlag aus seiner Jackentasche. Die Adresse lautete auf Prof. Dr. Hein Matthiesen. »Er soll die Wahrheit wissen. Er soll wissen, dass ich meine Prinzipien nie über Bord geworfen habe. Er soll wissen, dass sein Sohn Werte hat, die er für kein Geld in der Welt aufgegeben hätte.«

Jochen zog den Brief aus dem Umschlag und reichte ihn Lea. »Bitte Lea, lies das. Ich trage ihn schon tagelang mit mir herum.«

»... Vater, es ist nicht die Frage, ob ein Lebewesen zu der Spezies Mensch gehört oder nicht und es ist auch nicht die Frage, wie viel Intelligenz dieses Lebewesen besitzt, ob es denkt oder nicht, sondern die Tatsache, dass es leidensfähig ist, dass es Angst und Schmerz empfinden kann, dass es leben möchte.

Der Mensch rechtfertigt im Tierversuch rohe Gewalt einem Schwächeren gegenüber, indem er vortäuscht, einen Nutzen daraus zu ziehen. Aber dieses Prinzip ist nicht zu tolerieren. Ein solches Weltbild würde Unrecht und Grausamkeit als legitim darstellen. Und warum, Vater, lehnen auch immer mehr Ärzte und Wissenschaftler Tierversuche ab? Gewiss auch aus ethischen Gründen. Aber sie untermauern ihren Kampf gegen Tierversuche mit absolut wissenschaftlichen Argumenten. Wer könnte es besser wissen als du selbst, dass Tierversuchsergeb-

nisse in der Medizin unberechenbare Risiken für den Menschen darstellen. Tiere weisen doch anatomisch, physiologisch und auch biochemisch völlig andere Abläufe auf. Oder ist es nicht so, dass die Krankheit des Menschen eine völlig andere Form annimmt, wenn sie beim Tier künstlich hervorgerufen wird? Wie könnte es auch anders sein? Denn die geistigen, seelischen und sozialen Faktoren, die zur Entstehung einer Krankheit mit ausschlaggebend sind, werden doch ausgeklammert. Es ist nicht möglich, sie zu erfassen. Und, Vater, ist es nicht auch so, dass die unzähligen Arzneimittelkatastrophen auf Medikamente zurückzuführen sind, bei denen im Tierversuch Schäden für den Menschen nicht ersichtlich waren, später aber für den Menschen oft den Tod bedeuteten!? Versuche an Tieren vermitteln der Öffentlichkeit ein falsches Gefühl der Sicherheit. Forschung an »schmerzfreier Materie« ist der richtige Weg. Und genau das weißt du auch! Aber warum sollte man sich mit einer neuen Methode herumschlagen? Die alte, vertraute Variante ist doch so viel einfacher. Warum also umdenken? Es ist doch alles geregelt: Von den gesicherten Entlastungen, die man vom Staat zugesprochen bekommt, bis hin zu der Absicherung gegen Regressansprüche im Schadensfall! Warum also umdenken, nicht wahr, Vater? Ich will dir sagen warum. Weil ein gravierender Grund übrig bleibt: Das Leiden der Tiere! Das Leiden, das für die vertrauten Methoden in Kauf genommen wird. Und dieses Leiden, Vater, beginnt bereits lange vor dem Versuch. Dann, wenn die Tiere gezüchtet und versandt und unter völlig artfremden Bedingungen gehalten werden. Sein Ende findet es erst im Tod.

Im letzten Jahr wurden 25 Hunde aus deinem Labor befreit. Einer dieser Hunde lebt heute bei mir. Ja, du hast richtig gelesen. Niemals habe ich meine Prinzipien über

Bord geworfen. Dass du das jemals geglaubt hast, zeigt nur, wie wenig du mich kennst.

Es ist eine Hündin. Sie liebt es, in der Sonne zu liegen, über weite Wiesen zu laufen, Regenwasser aus Pfützen zu trinken, sich beschützt und geborgen zu fühlen. Sie liebt gekochte Kartoffeln und Leberwurst. Sie hört auf ihren Namen. Sie schnüffelt stundenlang voller Begeisterung am Wegesrand, sie spielt mit anderen Hunden und sie freut sich jeden Morgen auf einen neuen Tag. Gefühle wie Angst, innere Verzweiflung, Panik, hat sie fast vergessen. Immer seltener beißt sie sich ihren Schwanz blutig. Immer seltener fängt ihr kleiner Körper ganz plötzlich, wie aus heiterem Himmel, an zu zittern. Und immer seltener läuft sie unaufhaltsam im Kreis oder heult auf, wie ein Wolf, weil sie kurz eingeschlafen war und nicht weiß, ob sie allein ist.

Ihr Name ist Juli. Und irgendwann wird sie vielleicht auch vergessen haben, dass es Menschen gibt wie dich, Vater«.

Nachdem Lea den Brief gelesen hatte, waren sie und Jochen schweigend zurück zum Rosenhof gelaufen. Erst als sie das Eingangstor erreicht hatten, fragte Lea: »Jochen, um was wolltest du mich eigentlich bitten?«

Jochen sah rüber zum Haus. Juli stand in der geöffneten Haustür. Sie trippelte unruhig von einer Pfote auf die andere. Aber sie traute sich nicht, das Haus zu verlassen. Die Welt draußen hatte sich über Nacht verändert. Ihre Wiesen waren verschwunden, der Weg war nicht mehr zu erkennen und ihre Stöckchen und Bälle waren nur noch unter kleinen, weißen Hügeln zu erahnen. Bis weit in die Ferne sah alles hell und glitzernd aus.

Julis kleine Welt hatte sich in ein rätselhaftes Schneeland verzaubert.

»Jochen? Was für eine Bitte hast du?«, fragte Lea ein zweites Mal, während sie bemerkte, dass sich Jochen mit beiden Händen am Torpfosten festhielt. Er legte den Kopf zurück und atmete tief ein.

»Jochen!«, sagte Lea erschrocken. »Oh Jochen, du hättest auf deinen Arzt hören sollen. Du solltest in die Klinik fahren.«

Jochen bat Lea mit einer Geste, seinen kurzen Schwindelanfall nicht zu kommentieren. »Lea, hör zu, kannst du den Brief für mich eine Weile aufheben?«, fragte er, während er noch immer versuchte, regelmäßig zu atmen. Lea sah ihn verwundert an. »Bitte Lea, sorg dafür, dass er ihn bekommt, wenn mir irgendetwas passieren sollte.«

»Jochen, was willst du damit sagen? Wenn dir irgendetwas passieren sollte!«, fragte Lea entsetzt.

Jochen sah Lea bittend an. »Frag' nicht, ja?«

Lea spürte ein merkwürdiges Gefühl der Angst, das sich in ihr ausbreiten wollte, aber sie nickte und vergrub den Brief tief in ihrer Jackentasche.

»Komm Juli, trau dich!«, rief Jochen. »Komm raus, es wird dir gefallen!« Juli stutzte, als sie Jochens Stimme hörte. Aufgeregt wedelte sie mit ihrem Schwänzchen. Jetzt wollte sie ihren Mut unter Beweis stellen. Ganz langsam versuchte sie eine Pfote in die frostig kalte Masse zu stellen.

Aber Juli gefiel der Schnee nicht. Sie zog ihre Pfote entschieden zurück, schüttelte sich und leckte sofort jeden noch so winzigen Eiskrümel von ihrem Beinchen. Sie stand in der Tür und fing an, herzergreifend zu weinen, weil sie einfach keine Lösung fand und auch niemand daran zu denken schien, ihr zu helfen.

»Du bist mir eine Mimose!«, lachte Rosalie, die die Aktion bereits heimlich beobachtet hatte und zur Tür gekommen war. »Du wirst dich daran gewöhnen müssen, es sei denn, du überredest Jochen dazu, einen Schneeflug für seinen geliebten, kleinen Schatz zu bestellen.«

»Ich werde keinen Schneeflug bestellen, sag ihr das!«, rief Jochen rüber zum Haus und lachte.

»Aber ich schippe dir die Zufahrt frei, Juli!«, tönte Hannes Stimme unerwartet um die Ecke. »Und außerdem habe ich eine gute Idee für unsern lütten Bangbüx!«, hörte man ihn fröhlich vor sich hin erzählen.

»Na, da sind wir ja gespannt, was du uns zu bieten hast!«, rief Rosalie zurück.

Und als er einen kurzen Moment später mit einem gefüllten Eimer Schnee in der Hand hinter der haushohen Hecke hervorkam, wusste Lea bereits, dass Rosalie seine Idee niemals gutheißen würde.

»Hier Rosalie, sieh mal, was hältst du davon, wenn wir Juli einen Eimer Schnee in die Diele schütten? Dann kann sie sich, wenigstens solange bis er geschmolzen ist, langsam damit anfreunden.« Rosalie wusste nicht genau, ob das ein Scherz sein sollte oder ob Hannes das gerade ernsthaft vorgeschlagen hatte.

»Sag mal Hannes«, meinte sie, »bist du heute zu früh aufgestanden? Dir geht es wohl nicht gut. Schnee in die Diele schütten. Also so was Verrücktes kann wirklich nur dir einfallen.« Rosalie sah zu Lea herüber. »Sag mal Lea, hast du ihm irgendwas in den Kaffee gerührt?« Lea zog kopfschüttelnd die Schultern hoch, während sie alle Schuld von sich wies.

»Apropos Kaffee!«, meinte Hannes, während er sich den Schnee von den Hosenbeinen abklopfte und das Projekt »Schnee-eimer« längst abgehakt hatte. »Ich habe bereits Brötchen mitgebracht von meiner ersten Tour. Wie wär's mit Frühstück? Selbstverständlich habe ich beim Bäcker auch an meine beste Freundin Rosalie gedacht, der ich auch soeben mit Freude die Zufahrt frei geschippt habe«, neckte er Rosalie. Sie formte einen Riesenschneeball und jagte hinter ihm her. »Jetzt reicht es mir aber! Du brauchst gar nicht davon laufen, dieser Schneeball ist dir sicher!«, rief sie vergnügt. Und im gleichen Moment hatte sie ihn eingeholt und stopfte ihm die Eiskugel in den Kragen. »So, und demnächst fragst du mich ganz direkt, ob ich Kaffee koche und erzählst mir nicht, was du in der letzten halben Stunde alles für mich getan hast, klar?«

Lea liebte diese gute Laune, die hier am frühen Morgen zum völlig normalen Tagesgeschäft gehörte. Rosalie war eine überzeugte Frohnatur und irgendwie schaffte sie es immer, alle mit ihrer stets vorhandenen guten Stimmung anzustecken. Sie war eine lustige, fröhliche Frau. Niemand kannte sie jemals schlecht gelaunt. Sie liebte ihr Leben und war mit dem, was es ihr bot, mehr als zufrieden. Seit über einem Jahrzehnt lebte sie auf dem Rosenhof. Der Hof war die Erfüllung ihres Traums: Ein Hof mit alternativer, ökologischer Landwirtschaft und artgerechter Tierhaltung. Sie hatte sich den Traum ganz allein erfüllt und mittlerweile lief ihr kleines Unternehmen gut. Sie konnte nicht reich damit werden, aber sorglos davon leben. Und jetzt, nachdem sie und Jochen endlich zueinander gefunden hatten, war ihr Glück offensichtlich vollendet.

Während Lea in der Küche des Rosenhofes den Kaffee kochte, schippte Hannes für Juli tatsächlich die Wiese frei und Jochen war in den Schuppen gegangen, um Holz für den Kamin zu holen.

»Puh, ist das kalt heute«, rief Rosalie aus der Diele, während sie versuchte, das Feuer schon einmal mit dem noch vorhandenen Holz des Vortages anzufachen.

Lea nickte beipflichtend, obwohl sie allein in der Küche war und ihre tiefe Zustimmung niemand außer ihr selbst zur Kenntnis nehmen konnte. Aber sie hatte soeben an ihr kleines, warmes Reihenhaus in Berlin gedacht, dem sie zumindest den Vorteil einer Zentralheizung abgewinnen konnte.

»Sag mal, wollte Jochen erst noch einen Baum fällen, um Holz zu organisieren?«, fragte Rosalie, als Lea in die Diele kam, um den Tisch zu decken. Sie hatte bereits aus mehreren Lagen

Zeitungspapier, die sie zu festen Kugeln zusammengeknüllt und mit dünnen Kleinholzscheiten umbaut hatte, ein brennendes kleines Bauwerk geschaffen, auf das sie nach einer Weile die letzten dicken Scheite vom Vorabend legte. »Bis die abgebrannt sind, soll Jochen wohl da sein«, meinte sie und Lea staunte über die Geschicklichkeit, mit der Rosalie im Handumdrehen ein Feuer im Kamin entfacht hatte.

»So Juli, jetzt haben wir den alten Zustand wieder hergestellt«, platzte Hannes ins Haus. Juli steckte vorsichtig die Nase durch die Tür. »Also wenn du jetzt nicht raus gehst, bin ich dir aber böse. Ich habe für dich fast zwei Morgen Land vom Schnee befreit. Jeder normale Mensch würde mich für nicht mehr zurechnungsfähig erklären.«

Lea musste schmunzeln und nickte unauffällig. Juli sah Hannes mit großen Augen an. Sie war sich nicht sicher, ob sie sich trauen sollte. Es sah draußen immer noch alles ganz anders aus. Hannes nickte ihr ermutigend zu. »Na los, jetzt zeig uns mal, wie mutig du bist.« Hannes lockte und animierte sie. Aber sie weigerte sich. Sie wollte nicht mutig sein, und sie wollte das Haus nicht verlassen. Juli traf ihre Entscheidung. Sie drehte sich um und marschierte geradewegs in ihren Korb. Lea konnte ihr Lachen nicht mehr verbergen. »Oh je, Hannes, du guckst wie ein enttäuschter, kleiner Junge. Ich glaube, du bist heute wirklich zu früh aufgestanden.«

»Sag mal Hannes, wo bleibt Jochen eigentlich?«, fragte Rosalie, während sie den Kaffee in die Tassen schüttete. »Ich dachte, er wollte nur ein paar Holzscheite holen.«

»Dachte ich auch«, lachte Hannes, »aber der hackt wahrscheinlich erst den ganzen Schuppen zusammen.«

Rosalie stand auf und sah aus dem hinteren Fenster. »Nichts zu sehen. Der Schuppen jedenfalls steht noch!«, scherzte sie und setzte sich zu Lea und Hannes an den Tisch.

»Bestimmt hat er dem alten Fritz erst sein Frühstück gebracht.«

»Und uns hat er dabei vermutlich vergessen.«

»Das ist gut möglich«, antwortete Rosalie und lachte, weil ihr zum Thema Fritz plötzlich etwas ganz anderes einfiel. »Du Lea, weißt du eigentlich, dass wir es genau genommen Fritz zu verdanken haben, dass wir uns damals kennen gelernt haben?«

Lea hatte das Gespräch nur beiläufig verfolgt. Sie war in ihren Gedanken noch immer bei Jochen und dem Brief, den er ihr gegeben hatte.

»Lea!«, rief Rosalie, »bist du noch bei uns?«

Lea sah verwirrt auf. »Was hast du gesagt? – Fritz? – Ach ja, stimmt! Ich dachte damals tatsächlich, du hättest einen Hirsch in deinem Stall eingesperrt.«

»Oh nein«, rutschte es Hannes ungläubig heraus, »du konntest den Ruf eines Esels nicht von dem eines Hirsches unterscheiden?« Lea lachte. »So ist es!« Hannes konnte es nicht glauben. »Da arbeitet diese Frau jahrelang in einem Tierheim und wollte sogar einmal Forstwirtschaft studieren - und sie verwechselt einen Esel mit einem Hirsch.«

Lea wollte Hannes gerade erklären, dass sie in all den Jahren im Tierheim weder einen Esel noch einen Hirsch beherbergen musste, als Juli plötzlich laut bellend aus ihrem Korb sprang und begann unruhig in der Diele hin und her zu laufen. »Nanu, was ist denn jetzt los? Da hat aber wieder mal einer einen bösen Traum gehabt«, sagte Rosalie und sprang auf, um Juli gleich im Ansatz ihrer Panikattacke zu beruhigen. Hin und wieder litt Juli noch unter ihren Angstzuständen, aus denen man sie möglichst schnell herausholen musste, damit sie sich nicht zu tief darin verlor. Aber Julis Verhalten war extremer als sonst. Sie ließ sich nicht ablenken. Sie blieb unruhig, lief weiterhin hektisch durch die Diele. Bis sie unvermittelt, fast abrupt, stehen blieb. Sie hielt ihre Nase in die Luft, so als würde sie etwas wittern. Rosalie bückte sich zu ihr herunter und wollte sie in den Arm nehmen.

Aber Juli entzog sich ihr und rannte wie von einem Blitz getroffen los. Sie stürzte ungebremst durch die Hundeklappe nach draußen. Hannes, Rosalie und Lea sahen sich an. Keiner von ihnen verstand in diesem Moment, was in Juli vorging. Ungeachtet des Schnees, den sie noch vor wenigen Minuten unter keinen Umständen betreten wollte, eilte sie vor dem Fenster her in Richtung Schuppen. Dann war sie verschwunden. Während Hannes und Lea warteten, was geschehen würde, warf Rosalie einen Blick durch die Haustür. Aber von Juli war nur noch die Spur im Schnee zu erkennen. »Vermutlich hat sie einen Fuchs gewittert«, erklärte Rosalie. Hannes nickte. Aber Julis Verhalten schien ihm fremd. So hatte er sie noch nie erlebt. Und die Spur eines Fuchses war für sie doch längst etwas Alltägliches geworden. Füchse liefen hier laufend am Zaun vorbei. Sie hatte sich den ganzen Morgen partout geweigert, das Haus zu verlassen, weil ihr der Schnee Angst machte. Und jetzt hätte ein ganzes Fuder Neuschnee sie nicht aufhalten können.

»Wisst ihr was«, sagte er so beiläufig wie möglich, um Rosalie nicht unnötig zu beunruhigen, »ich werde mir noch mal die Jacke überwerfen und nach ihr sehen. Jochen lässt ja ohnehin noch auf sich warten.« Hannes folgte Julis Spur im Schnee. Als er um die Ecke des Wohnhauses ging, hörte er ein scharrendes Geräusch. Es kam aus der Richtung des Schuppens. Er lief um die Hecke herum und sah Juli, wie sie wild und aufgeregt versuchte, einen Weg unter der Holztür hindurch in das Schuppeninnere zu graben. »Juli, was ist denn in dich gefahren?«, rief Hannes und eilte zum Schuppen. »Hast du doch einen Fuchs gewittert?«

Lea hatte Hannes innere Unruhe gespürt und war ihm gefolgt. Sie war auf dem halben Weg zum Schuppen, als sie Hannes entsetztes Rufen hörte:

»Lea! Lea! Hörst du mich?«, rief er laut und kam erschrocken und bleich wie Kalk zurückgelaufen. »Lea, schnell, lauf zum Telefon und ruf einen Notarzt und einen Krankenwagen! Jochen liegt hier, kein Puls, keine Atmung, vermutlich Herzstillstand, schnell, beeil dich!«

Lea lief zurück ins Haus. Sie wählte aufgeregt die Nummer der Notrufzentrale. »Lea Bennrig«, gab sie sich kurz zu erkennen. »Bitte, kommen Sie schnell zum Rosenhof. Untere Dorfstraße. Herzstillstand, keine Atmung, kein Puls. – Nein, ich kann nicht sagen, wie lange er schon bewusstlos ist. – Ja! – Nein! Er liegt in dem großen Holzschuppen, unterhalb der Tierklinik Petersen. – Bitte fahren Sie los, beeilen Sie sich!«

Nachdem Lea der Zentrale das Wichtigste eilig geschildert und den Hörer wieder zurück auf die Gabel gelegt hatte, bemerkte sie, dass Rosalie wie versteinert in der Diele stand und sie fassungslos anstarrte. »Rosalie«, sagte Lea bestimmend, »es wird gut, es wird alles gut, bitte bleib ruhig. Ich kann mich jetzt nicht um dich kümmern.« Lea ließ Rosalie stehen und rannte zurück zum Schuppen.

Jochen lag bewusstlos vor Hannes. Sein Gesicht war grau und fahl und seine Augen starrten ins Leere. Hannes kniete vor ihm und versuchte sein Herz mit beiden Händen im Sekundenrhythmus zu reanimieren. »Lea, du musst mir helfen«, rief er panisch, »streck seinen Kopf nach hinten und jedes Mal wenn ich ‚jetzt' sage, beatmest du ihn.« Mit zitternden Händen hielt Lea Jochens Kopf fest. In regelmäßigen Abständen versuchte sie, Jochens Lunge ausreichend mit Sauerstoff zu versorgen. Hannes tropften die Schweißperlen von der Stirn. Die Zeit wurde zur Ewigkeit. Aber er kämpfte unaufhaltsam um seinen Freund.

An Leas Wangen liefen die ersten Tränen. Rosalie hockte mit Juli in der Schuppenecke. Sie schluchzte und weinte und flehte Jochen an, sie nicht allein zu lassen.

Hannes war der Verzweiflung nah. Aber er gab nicht auf. »Weiter, Lea, beatmen!« schrie er sie an. Und es vergingen Sekunden der Unendlichkeit.

Bis Hannes mit einemmal bemerkte, dass Jochens Atmung wieder eingesetzt hatte.

»Er atmet Lea, er atmet!«, flüsterte er erschöpft genau in dem Augenblick, in dem der Notarzt und sein Team in den Schuppen stürzten.

***

Eisblumen verzierten die kleinen Fensterscheiben des alten Fachwerkhauses im nordhessischen Bergland. Im Kaminofen knisterte das offene Feuer und auf den schmalen Fensterbrettern lagen Tannenzweige, Nüsse und Strohsterne.

Juli lag traurig in ihrem Korb und weinte leise vor sich hin. »Wenn du wüsstest, wer gleich nach Hause kommt!«, meinte Hannes am Morgen des Heiligenabends und setzte sich zu ihr auf die Decke vor den Kaminofen. Erwartungsvoll sah sie ihn aus ihren großen Augen an.

»Ach Juli, was wäre nur gewesen, wenn wir dich nicht gehabt hätten? Vermutlich hätten wir erst viel zu spät nach ihm gesucht.« Er streichelte ihr liebevoll über den Kopf. »Weißt du, meine Schöne, Lea hat schon vor einem Jahr gesagt, dass eure Geschichte nicht vom Zufall geschrieben wurde. Sie hat schon damals gewusst, dass der liebe Gott seine Finger im Spiel hatte.«

Juli hörte aufmerksam zu und klopfte mit ihrem Schwänzchen zaghaft auf den Boden.

Ergänzung:

Wenige Tage, nachdem Jochen in die Klinik eingeliefert worden war, hatte Hannes Jochens Vater angerufen. Wütend hatte er ihm vorgeworfen, dass Jochen für ihn immer nur ein Sohn zweiter Klasse gewesen sei und wie sehr er sein Leben lang darunter gelitten habe. »Das, was Sie einen offenen Kampf nennen«, hatte er laut gesagt, »war für Jochen zeit seines Lebens die Sehnsucht nach Akzeptanz und Anerkennung. Seine Herzrhythmusstörungen sind nicht das Resultat einer Lüge, wie Sie es auslegen. Sie sind das Resultat einer extremen, lebenslangen psychischen Belastung, der Jochen nicht mehr standhalten konnte. Und die Sie ihm zugemutet haben. – Herr Matthiesen.«

Die einzige Resonanz war ignorantes Schweigen. Keine Sorge, kein Schrecken, nur Schweigen.

Lea hatte daraufhin nicht länger gezögert und den Brief, den Jochen ihr kurz vor seinem Zusammenbruch gegeben hatte, abgeschickt.

An Herrn Prof. Dr. Hein Matthiesen:

»[...] Ihr Name ist Juli. Und irgendwann wird sie vielleicht auch vergessen haben, dass es Menschen gibt wie dich, Vater.«

Traumwelten

Schlanke, schneeweiße Bäume säumten meinen Weg. Elegant und geheimnisvoll standen sie da und strahlten hell in ihrer anmutigen Schönheit durch die mit dichten Nebelschwaden durchsetzte Dunkelheit.

Aus der Ferne hörte ich lautes Stimmengewirr. Zwischendurch ertönte unruhiges Gebell. Aber ich konnte nichts sehen. Der Nebel war so dicht, dass ich nur ganz verschwommen die Umrisse einiger Gestalten am Ende meines Weges wahrnehmen konnte. Ich versuchte mich zu konzentrieren. Ich lief schneller. Aber die dünnen, überhängenden Zweige der weißen Bäume, die aus den lichten Baumkronen bis tief in meinen Weg herabhingen, erschwerten mir immer wieder das Vorankommen.

Am Ende des Weges erkannte ich eine Anhöhe, die von einem weiten Tal umgeben war. In dem Tal sah ich hunderte, wenn nicht sogar tausende von Menschen. Sie alle redeten laut und hektisch durcheinander. Manche weinten, andere rauften sich die Haare. Einige von ihnen kamen mir bekannt vor. Aber die meisten hatte ich noch nie zuvor gesehen.

Auf der Anhöhe, in ihrer Mitte, hatten sich unzählige Hunde versammelt. Auch sie diskutierten aufgeregt miteinander.

Ich beeilte mich. Ich lief so schnell ich konnte, um aus dem Nebel herauszukommen. Mit meinen Händen versuchte ich mein Gesicht vor den zarten Zweigen zu schützen.

Ich erreichte das Tal und ehe ich mich versah, stand ich inmitten der erregten Menschen. Viele Gesichter waren angstverzerrt. Andere waren zornig.

»Was ist das für eine Versammlung?«, fragte ich, aber niemand gab mir eine Antwort. Jeder winkte ab.

Plötzlich fuhr ein Raunen durch die Menge. Ich erschrak. Ein helles Licht gab die Sicht über das weite Tal frei. Es strahlte heller und heller. Und es bündelte seinen Strahl auf der Anhöhe.

Weit oberhalb der anderen Hunde thronte majestätisch ein weiser, alter Schäferhund. Er hob seine rechte Pfote und ließ seinen Blick langsam über die Versammlung schweifen.

Gespenstische Ruhe kehrte ein. Das Wehklagen der Menschen verstummte. Jeder sah gespannt zu dem weisen Schäferhund empor.

»Meine Freunde«, begann er mit tiefer Stimme seine Rede. »Der Tag ist gekommen, an dem wir unsere Erfahrungen zusammentragen wollen.«

Ich wunderte mich, dass ein Hund zu den Menschen sprach.

»Jeder hat heute die Möglichkeit, seine Stimme zu erheben!«, fuhr der alte Hund fort. »Aber bedenkt, alles, was ihr dem hohen Gericht vortragen werdet, wird in das Buch eingetragen.«

Die Hunde jubelten ihm zu und nickten eifrig. Aber die Menschen begannen zu zittern und wurden sichtlich nervös.

»Was ist das für ein Buch?«, fragte ich die Menschen. Irgendjemand aus der Menge rief mir hastig zu: »Es ist das Buch der Abrechnung!«

Der alte Schäferhund räusperte sich und schaute auf die um sich herum versammelten Hunde.

»Möchtest du anfangen?«, fragte er einen kleinen, dreibeinigen Mischling und nickte ihm ermutigend zu. Der kleine Mischling schien unsicher und sah scheu zu den Menschen herunter. »Du brauchst keine Angst haben, mein Freund«, sagte der Schäferhund. »Dies ist der Tag, an dem die Menschen für ihre Taten Rechnung tragen werden. Sag nur, was du zu sagen hast!«

Erst jetzt verstand ich, dass der weise Schäferhund nicht zu den Menschen sprach. Nicht sie hatte er soeben als seine Freunde bezeichnet.

»Mein Name ist Juan!«, stellte sich der kleine Mischling zaghaft vor. »Ich bin in Spanien geboren. Wie ihr sehen könnt, bin ich ein behinderter Hund. Ein Bauer hat mich mit seinem Traktor überfahren. Er schimpfte und ließ mich liegen.« Der kleine Mischling sah vor sich auf den Boden und musste weinen. Der weise Schäferhund nickte ihm verständnisvoll zu.

»Auch ich bin in Spanien geboren«, sagte eine grazile, engelsgleiche Galga und trat hervor. An ihrem Hals waren tiefe, dunkle Narben zu erkennen. »Mein Name ist Theodora. Die Menschen haben mich zur Jagd eingesetzt.« Die schlanke Hündin sah in die Menge und hob stolz ihren Kopf. »Ich habe meine Arbeit gut gemacht. Ich war schnell und gehorsam. Aber nach der Saison war das für die Galgieros nicht mehr wichtig.« Beschämt wischte sie sich eine Träne aus dem Auge. »Meine Freunde und ich wurden nach altem spanischem Brauchtum entsorgt.« Die Galga trat zurück und sah zu dem Schäferhund auf. Leise sagte sie: »Es ist ein teuflischer Brauch. Sie hängen uns mit einem Strick um den Hals an die Bäume. Der Todeskampf kann Tage dauern.«

Der weise Schäferhund schüttelte entsetzt den Kopf. »Wie bist du entkommen?«, fragte er die Galga.

»Ich hatte Glück. Jemand aus dem Dorf war mutig und hatte die Gendarmerie benachrichtigt. Das ist nicht selbstverständlich. Denn in den kleinen, spanischen Dörfern herrscht das Gesetz des Schweigens! Die Menschen schweigen aus Gleichgültigkeit, manche auch aus Scham, aber die meisten aus Angst vor Racheakten.«

Die Galga sah hinunter ins Tal. In ihren Augen konnte man das himmelschreiende Unrecht sehen, das ihr die Menschen angetan hatten.

»Kannst du dich an den Namen des Menschen erinnern, der dich gerettet hat?«, fragte der weise Schäferhund. Aber die Galga schüttelte traurig den Kopf. »Als er mich aus der Schlinge befreite, blutete ich stark aus dem Ohr. Mein Hals war durch das dünne Seil zerschnitten und meine Halsschlagader war gerissen. Ich verdanke ihm viel. Er war ein guter Mensch. Aber seinen Namen kenne ich nicht.«

»Danke!«, sagte der Weise und nickte noch einmal dem kleinen, dreibeinigen Mischling zu. »Hast du dich ein wenig beruhigt?«, fragte er ihn. »Möchtest du fortfahren mit deiner Erzählung?« Der kleine Mischling trat wieder aus der Menge und ließ seinen Blick misstrauisch über die Menschen im Tal wandern. »Wäre es möglich, dass ich nichts mehr sagen muss?«, wollte der Kleine wissen und sah die anderen Hunde ängstlich an. »Ich möchte nicht feige erscheinen«, erklärte er, »aber ich fürchte mich sehr davor, dass die Menschen irgendwann doch wieder so viel Macht besitzen, dass sie sich an mir rächen könnten.« Der kleine Mischling wartete einen Moment. Dann fügte er noch leise hinzu: »Sie können so brutal sein.«

Die anderen lächelten ihm beruhigend zu.

»Setz dich, mein kleiner Freund«, sagte der alte Schäferhund väterlich. »Du musst nichts mehr sagen, wenn du nicht möchtest. Niemand wird dich je wieder zwingen, Dinge zu tun, vor denen du Angst hast.«

Aus der Menge meldete sich ein muskulöser American Staffordshire Rüde. »Was hast du uns zu berichten?«, fragte der Schäferhund und erteilte ihm das Wort.

»Ich heiße Sankas«, stellte er sich mit dunkler Stimme vor. »Ich und meine Geschwister wurden in Berlin geboren. In einem Hinterhof. Wir wurden an Menschen verkauft, die uns zu Kampfmaschinen ausbilden wollten, um uns später für illegale Hundekämpfe zu missbrauchen. Die Kämpfe finden an geheimen Orten statt. Die Menschen erfreuen sich an den blutigen Schauspielen, weil es dabei um hohe Geldsummen geht.«

Es war ruhig geworden unter den Hunden. Der Anblick Sankas' löste bei ihnen tiefes Mitleid aus. Er hielt seinen Kopf schief und sein Gesicht war entstellt. Er hatte nur noch ein Auge, und von seinem rechten Ohr war nur noch ein kleiner Teil übrig geblieben.

»Sankas«, sprach der Weise, »hat man dich im Kampf so zugerichtet?« Sankas zuckte mit der Schulter. »Sie nannten mich Flasche. So nannten sie die Hunde, die nicht kämpfen wollten. Sie schlugen auf mich ein und traten mit den Füßen nach mir. Sie dachten sich die widerwärtigsten Quälereien aus, um mich aggressiv zu machen. Ich wurde auf Katzen gehetzt. Und man ließ mich tagelang hungern. Aber ich war nicht bereit zu kämpfen.« Sankas trat hervor und richtete sich auf. »Sie haben einen der Hunde, deren Willen sie bereits gebrochen hatten, auf mich gehetzt. Ich sollte ihm zum Training dienen. Es war also einer von uns, der mich so verletzt hat. Aber er trägt keine Schuld an dem, was er getan hat. Es waren die Menschen, die ihn zu einer Kampfmaschine gemacht hatten.«

Die Hunde stimmten ihm lauthals zu.

Mit einemmal trat der kleine, dreibeinige Mischling hervor und fragte mutig: »Sankas, darf ich dich fragen, wie du ihnen entkommen bist?« Alle waren sofort wieder aufmerksam. Jeder wollte Sankas' Geschichte bis zum Ende hören.

»Ja, natürlich darfst du fragen, mein Kleiner«, antwortete Sankas liebevoll mit angehobener Stimme. »Sie warfen mich in einen Fluss. Sie dachten, ich sei tot. Aber ich lebte noch und schaffte es, das Ufer zu erreichen. Dort fand mich ein Mensch, der anders war, als meine Besitzer. Er nahm mich mit und pflegte mich gesund.«

»Kannst du dich an seinen Namen erinnern, Sankas?«, wollte der weise Schäferhund auch von ihm wissen.

Aber Sankas senkte seinen Blick und schüttelte traurig seinen Kopf. Leise sagte er: »Ich habe ihn sehr gemocht. Und er mich.

Aber er musste mich abgeben. Man hatte ihm verboten, einen Hund wie mich in seiner Wohnung leben zu lassen.«

»Warum das denn?«, fragte der kleine Mischling erstaunt.

Sankas sah den Kleinen traurig an. »Weil es Menschen gibt, die glauben, dass ich besonders gefährlich sei, nur weil ich ein Staffordshire Terrier bin.«

Der kleine Mischling verstand das nicht. Aber er nickte, da der weise Schäferhund bereits einer kleinen Pekinesin das Wort erteilt hatte.

»Ich bin Lissi«, sagte sie schnaufend. »Die Menschen haben mir meine Nase weggezüchtet. In jeder Minute meines Lebens leide ich unter Kurzatmigkeit. Aber das ist den Menschen egal.«

»Ja, so geht es mir auch, Lissi!«, unterstützte eine wütende Mopshündin ihre Vorrednerin.

Die beiden fanden große Zustimmung.

»Seht her«, rief ein chinesischer Nackthund aus der Masse, »seht her, was sie mit mir gemacht haben. Ich bin ein Hund ohne Fell. Jedem Wetter bin ich schutzlos ausgeliefert.«

Von überall her kamen jetzt Zurufe.

»Und ich kann vor lauter Schmerzen nicht aus den Augen sehen«, brummte ein riesengroßer Bernadiner in die Menge.

»Ja, auch meine Augen sind immerzu feurig rot und entzündet!«, stimmte ein Basset Hound zu. »Sie züchten uns Hängelider an, mit denen es uns unmöglich ist, unsere Augen zu schließen.«

»Jawohl. Wir müssen leiden, weil die Menschen ihrem Einfallsreichtum keine Grenzen setzen«, mahnte ein Collie, der von einem anderen aus der Menge geführt wurde, da er offensichtlich blind war. »Sie experimentieren herum, um uns seltene Fellfarben anzuzüchten. Sie nehmen schwere Missbildungen an unseren Augen und Ohren in Kauf. Ihr könnt mir glauben, ich würde gern mein merlefarbenes Fell gegen ein Augenlicht eintauschen.«

Die Hunde waren aufgebracht. Die Stimmung war angeheizt. Alle riefen aufgeregt durcheinander. Jeder erzählte seine Geschichte und berichtete von dem, was die Menschen ihm angetan hatten.

»Ruhe bitte! Ich bitte um Ruhe!«, ermahnte der weise Schäferhund die aufgebrachte Menge und hob beschwichtigend seine Pfote. Es dauerte eine Weile bis alle Hunde verstummt waren.

»Ich denke, es ist an der Zeit, ein Urteil zu fällen, um die Strafe zu verkünden für das, was die Menschen uns in all den Jahren angetan haben.«

Erschrocken sah ich mich um. Die Menschen hielten sich die Hände vor ihre Gesichter, schluchzten und wimmerten. Ich versuchte mich aus dem Gemenge zu befreien. Ich drängte mich durch die, um Gnade flehenden, Gestalten. Ich wollte zur Anhöhe gelangen. »Lasst mich durch«, rief ich. »Macht den Weg frei.« Aber ich kam nicht voran. »Ich muss mit dir reden!«, rief ich dem weisen Schäferhund aus dem Tal heraus zu und wunderte mich, wie laut meine Stimme schallte. Aber der Weise schien mich nicht zu hören. Unbeirrt setzte er seine Rede fort.

»Meine Freunde, bevor wir aber das Urteil fällen, möchte ich euch auch meine Geschichte erzählen.« Die Hunde waren erstaunt darüber, dass der weise Schäferhund ihnen von sich erzählen wollte. Neugierig und voller Spannung warteten sie auf seinen Bericht.

»Mein Name ist Iras«, sagte er laut und erhob sich von seinem Platz. »Als ich zehn Jahre alt war, brachten mich die Menschen zu einem Tierarzt. Ich hatte mein ganzes Leben an der Seite dieser Menschen verbracht und ich glaubte, sie würden mich lieben. Aber als ich alt und krank wurde, wollten sie mich nicht mehr. Der Einfachheit halber wählten sie für mich den Tod.«

Iras, der alte Schäferhund, machte eine kleine Pause. Es fiel im sichtlich schwer, weiter zu erzählen. »Entschuldigt bitte, aber ich muss mich doch wieder setzen. Die Verhandlung hat mich sehr angestrengt.«

Sofort eilten einige der nah um ihn herumstehenden Hunde herbei, um ihn zu stützen.

»Danke, danke«, sagte er, »es ist ein edler Zug von euch, Respekt vor dem Alter zu haben.«

Ein wenig beschämt, aber auch stolz über das ihnen gemachte Kompliment, traten die Hunde wieder zurück.

»Nun«, führte der Weise seine Erzählung fort, »der Tierarzt, zu dem man mich brachte, war mutig genug, sich gegen den Willen meiner Menschen für mein Leben zu entscheiden. Er untersuchte und behandelte mich.«

Der kleine Mischling schluchzte und drückte sein Gesicht fest an Sankas' Hals.

»Haben dich deine Menschen dann wieder aufgenommen, als du nicht mehr krank warst?«, fragte der Kleine traurig.

Iras schüttelte den Kopf. »Nein, sie wollten mich nicht mehr. Sie hielten mich weiterhin für eine Belastung.«

»Ja, das ist typisch für die Menschen«, schnaufte die kleine Pekinesin. So sind sie. Kalt und herzlos!«

Und wieder bekam sie von überall her große Zustimmung.

»Jawohl, so sind sie!«

»Sie haben ihre Strafe verdient.«

»Es ist an der Zeit, dass sie büßen.«

Lissi hatte die Menge wieder zum Toben gebracht. Und der alte Schäferhund bat erneut um Ruhe.

Er sah zu der kleinen Pekinesin herüber. »Lissi, ich erzählte euch meine Geschichte, um euch damit zu zeigen, dass nicht alle Menschen uns Hunden gegenüber kalt und herzlos sind. Es gibt auch viele, die sich wirklich um uns bemühen. So wie der Tierarzt, der mein Leben rettete. Oder der Mensch, der Sankas aus dem Fluss zog, oder wie der, der mutig genug war, Theodora aus der Schlinge zu befreien. Und es gibt viele Menschen, die uns wie Hunde leben lassen, die keine Mühe scheuen, auch kranke und alte Tiere aufzunehmen und sich liebvoll um sie kümmern. Auch das durfte ich erleben.«

Lissi und die anderen schienen irritiert.

Der Weise hielt einen Moment lang inne. Stille lag wieder über den Hunden und den Menschen. Jeder wartete auf den Fortlauf seiner Rede. Alle starrten ihn gebannt an. Aber Iras war müde geworden. Erschöpft legte er seine Schnauze auf seine Pfoten und schloss die Augen.

»Iras«, flüsterte der kleine Mischling. »Iras, kannst du dich an den Namen deines Retters erinnern?«

Der alte Schäferhund öffnete die Augen und lächelte dem Kleinen zu. »Ja, das kann ich, und ich werde ihn immer in guter Erinnerung behalten.« Zufrieden schloss Iras wieder die Augen.

»Iras!«, rief Sankas mit seiner dunklen, durchdringenden Stimme, »Iras, du darfst jetzt nicht einschlafen. Wir müssen das Urteil sprechen.«

»Lasst ihn schlafen«, zirpte die schlanke Galga mitleidig. »Er ist schon so alt, er braucht seine Ruhe. Wir werden das Urteil später fällen.«

»Nix da«, posaunte die kleine Pekinesin ungeduldig, »wir wollen jetzt unsere Gerechtigkeit, nicht später. Wir werden das Urteil ohne Iras fällen.« Und wieder fanden Lissis Worte großen Beifall.

Dieser Gedanke ließ mich erschaudern. Ohne den weisen Schäferhund hatten die Menschen keine Chance. »Wir müssen etwas tun!«, rief ich den Menschen zu. »Ihr habt es gehört. Es gibt doch auch gute Menschen unter uns.« Ich sah in ihre Gesichter. Aber ich sah nur Unverständnis, Teilnahmslosigkeit, Resignation. Keiner schien zu begreifen, in welcher Gefahr wir uns befanden. Totenblass standen sie da. So, als wäre ihr Schicksal längst besiegelt.

Ich musste zu ihm. Mir blieb keine Wahl. Ich musste den weisen Schäferhund erreichen. Verzweifelt kämpfte ich mich durch die Massen, drängelte und schob mit aller Kraft. »Iras!«, rief ich, »kannst du mich hören? Iras!« Meine Stimme überschlug sich, hallte durch die Luft. Warum hörte er mich nicht? Er musste uns helfen, nur er konnte uns noch retten.

Mit einemmal merkte ich, wie sich die anderen Hunde zu mir umdrehten. Einer nach dem anderen. Sie starrten mich an. In ihren Augen erkannte ich all das Misstrauen, die Feindseligkeit, die Angst und den Zorn, mit dem sie uns gegenüberstanden.

Mit dem Mut der Verzweiflung kämpfte ich weiter gegen die Menschenmenge an, die mir den Weg versperrte. »Iras!«, rief ich wieder und plötzlich spürte ich, dass mich jemand am Arm festhielt. Ich versuchte ihn abzuschütteln. »Lass los!«, schimpfte ich, »lass mich los! Ich muss zu ihm! Uns bleibt keine Zeit mehr!« Doch der Griff lockerte sich nicht. Außer mir vor Wut fuhr ich herum. Ich wollte sehen, wer mich davon abhalten wollte, die Menschen zu verteidigen.

Im gleichen Moment ließ mich ein durchdringendes Geräusch hochfahren und mit einem lauten Gebell im Ohr erwachte ich.

Verwirrt öffnete ich die Augen und sah geradewegs in das Gesicht meiner Hündin, die mühsam an meinem Ärmel zottelte, um mich aus einer Welt zu befreien, über die wir Menschen vielleicht einmal nachdenken sollten.

Memorandum

Iras war 10 Jahre alt, als man ihn im Januar 2005 in einer Berliner Tierarztpraxis zurückließ.

Der alte Hund war für seine Menschen wertlos geworden. Wertlos, weil er ihnen zu langsam, zu grau, zu krank geworden war. Man hatte entschieden, sich seiner Last zu entledigen.

Aber nichts hätte zu diesem Zeitpunkt seinen Tod gerechtfertigt. Und so setzte sich der Tierarzt, in dessen Arm man Iras zurückgelassen hatte, unerschrocken über den Willen dieser Menschen hinweg. Er untersuchte, behandelte und operierte den alten Hund.

Iras durfte weiterleben.

Erschüttert über die gnadenlose Unbarmherzigkeit, mit der seine Menschen ihn »entsorgen« wollten, boten Tierschützer aus den unterschiedlichsten Regionen des Landes ihre Hilfe an, um für den alten Hund ein neues Zuhause zu finden. Mit gebündelten Kräften arbeitete man landesweit Hand in Hand zusammen. Iras sollte schnellstmöglich die Chance bekommen, das würdelose Ende, das ihm seine Menschen bereitet hatten, wieder vergessen zu können.

Iras bekam seine Chance. Nur wenige Tage später fand er ein neues Zuhause. Vielleicht sein erstes wirkliches Zuhause. Bei zwei Menschen, die ihn genauso in ihr Herz schlossen, wie er war: Alt, grau, langsam und krank.

»Iras erlebt bei uns den Frühling – ob den ersten oder den zweiten, das wissen wir nicht. Aber er blüht auf, begreift Stück für Stück, dass er spielen, buddeln, schlafen, hinterher trotteln, leben darf.«

Iras erlebte noch einen Winter und noch einen Frühling. Dann verabschiedete er sich. Seine Kraft war zu Ende, seine Zeit vorüber.

Was bleibt, ist die Erinnerung. Die Erinnerung an einen ganz besonderen Hund, dessen altes, weises Gesicht unendlich viel Liebe und Dankbarkeit ausstrahlte.

Und das für immer unvergessen sein wird.

Du denkst, Hunde kommen nicht in den Himmel?
Ich sage dir, sie sind lange vor uns dort…!«

(R. L. Stevenson)

Abschied von Iras

»Iras, irgendwo, dort oben im Himmel, an einem Ort der Ewigkeit soll es einen Platz geben, den die Menschen die Regenbogenbrücke nennen. Hinter dieser Brücke liegt ein Land mit den schönsten Wiesen und Hügeln. Es gibt dort für jeden genug zu fressen und zu trinken. Und es ist auf jener Seite der Brücke niemals kalt, so dass sich dort alle Tiere wohl fühlen und für immer zufrieden sind. Die Tiere, die einmal krank waren, sind wieder gesund. Sie haben dort alles, um glücklich zu sein.

Ich wünsche mir, dass du an diesem Ort angekommen bist. An einem Platz in der Ewigkeit, an dem auch für dich das Leiden vorbei ist und die quälenden Stunden ein Ende gefunden haben.

Iras, jemand sagte mir, dass du ein großartiger Hund warst, voller Geduld und unsagbarer Leidensfähigkeit. Diesem Menschen bist du zum Ende deines Lebens begegnet. Er schenkte dir die Zeit, die man dir hier, auf der Erde nehmen wollte. Ganz sicher wirst du wissen, wen ich meine und dass er dir eine Träne an deinen Platz in der Ewigkeit schickt.

Iras, ich hoffe, du hörst mir noch einen Moment lang zu. Auch wenn du jetzt vielleicht lieber mit deinen Freunden über die saftigen Wiesen laufen möchtest. Ich verstehe deine Ungeduld. Du musstest lange genug auf all das Schöne verzichten. Aber bitte warte noch einen Augenblick. Ich möchte dir noch von zwei anderen Menschen erzählen. Zwei Menschen, die dir die Liebe schenkten, auf die du ein Leben lang warten musstest. Erst ganz zum Ende deiner Tage fandet ihr zusammen. Ja, du weißt natürlich von wem ich rede. Von diesen beiden Menschen brauche ich dir nicht erzählen. Aber vielleicht darf ich dich dann um etwas bitten? Es wird noch einige Zeit vergehen, bis ihr euch wieder seht. Was meinst du, Iras, kannst du diese zwei Menschen einmal besuchen? In ihren Träumen?

Dann werden sie froh sein, dich jetzt so glücklich zu sehen.«

Zeitenwende

Marten saß ungeduldig auf seinem Platz. Er hatte bereits seine Bücher zusammengelegt und die Stifte zurück in die Mappe sortiert. Noch zwanzig Minuten bis die Schulglocke läuten würde. Ruhelos beobachtete er den Zeiger der Uhr, die über der Klassentür hing.

»Marten, ich würde sehr gern wissen, warum du es heute so eilig hast?«, fragte die Lehrerin und löste mit ihrer Frage eine offensichtlich noch größere Unruhe in ihm aus.

Nervös schob Marten sich auf seinem Stuhl hin und her. Er hatte Frau Jansen in der letzten Stunde nicht ein einziges Mal zugehört. Er wusste, wenn sie das herausfinden würde, hätte er absolut keine Chance mehr, hier pünktlich herauszukommen.

»Marten, möchtest du mir nicht antworten?«, fragte die Lehrerin noch einmal nach. Sie war immer sehr freundlich zu Marten, und er wusste, dass sie es in der Regel auch eine ganze Weile blieb. Er hatte ihre Geduld schon oft auf den Prüfstand gelegt, und er konnte ihre Ausdauer gut einzuschätzen.

»Wieso eilig? Ich hab' es doch nicht eilig!«, antwortete er verlegen und sah seine Lehrerin dabei selbstsicher an. Frau Jansen nickte. Und Marten wiegte sich wieder in Sicherheit. Unauffällig warf er erneut einen kurzen Blick auf die Uhr. Noch sechzehn Minuten. Er zog seine Tasche vorsichtig aus dem Fach unter dem Tisch und öffnete schon einmal die Verschlussschnallen. Beiläufig hielt er sie mit seiner linken Hand fest, während er mit den Fingern der rechten Hand flatterige kleine Kreise auf dem Tisch zog. Mit seinen Augen verfolgte er abwesend das Geschehen an der Tafel.

»Marten, stell bitte deine Tasche wieder in das Fach!«, hörte er plötzlich die Stimme seiner Lehrerin. »Wenn du glaubst, ich merke nicht, dass du hier völlig teilnahmslos die letzte Stunde hinter dich bringen möchtest, irrst du dich!«

Hektisch schob Marten die Tasche zurück ins Fach. Frau Jansen sah ihn wartend an. »Entschuldigung«, stammelte er leise, »aber mein Vater holt mich heute ab. Ich soll pünktlich am Schultor sein. Deshalb hab' ich schon mal…, mmh, na ja…, ich dachte, es geht dann gleich schneller!« Marten zog kleinlaut die Schultern hoch und hoffte, sie würde sich mit seiner Erklärung zufrieden geben. Aber sie ließ ihren Blick nicht von ihm. Sie kam den Gang zwischen den Tischen entlang und blieb genau neben ihm stehen.

»Marten, dein Vater holt dich jeden Freitag von der Schule ab.«

Marten nickte. Damit konnte er sie also nicht zufrieden stellen. Aber wenn er ihr nun sagen würde, dass sein Vater ihm für diesen Nachmittag versprochen hatte, mit ihm auf einen Tiergroßmarkt zu fahren, dann müsste er mit an Sicherheit grenzender Wahrscheinlichkeit mindestens eine halbe Stunde Verzögerung einrechnen. Danach wäre sein Vater missgestimmt über seine Unpünktlichkeit, würde in die nächste Kneipe fahren und er könnte die Sache vergessen. Marten grübelte. Seine Gedanken überschlugen sich. Frau Jansen hatte ganz klar ihre eigene Meinung zu Tiermärkten, das wusste er genau. Er war sich hundertprozentig sicher, dass er sich eine gewaltige Standpauke anhören müsste, wenn er ihr die Wahrheit sagte. Mit einer halben Stunde würde er vermutlich gar nicht auskommen. Aber was blieb ihm jetzt noch übrig. Sie stand direkt neben ihm und wartete auf eine Antwort.

»Marten, wenn dir dazu nichts einfällt, dann könntest du mir vielleicht an der Tafel helfen? Zusammen lösen wir die Aufgabe bestimmt schneller, sodass du auf jeden Fall noch pünktlich am Schultor bist!« Frau Jansen nickte ihm lächelnd zu.

In diesem Augenblick wusste Marten, dass ihm keine Wahl blieb. Er musste es ihr sagen. Er würde diese Aufgabe nicht lösen können, nicht einmal in drei Stunden.

»Es tut mir leid, aber ich habe Ihnen überhaupt nicht zugehört«, nuschelte er unsicher. Und Frau Jansen nickte wieder verständnisvoll.

Sie hatte für Marten immer ein bisschen mehr Geduld als für die anderen. Sie wusste, dass er in sehr ungeordneten Verhältnissen aufwuchs. Er war fast den ganzen Tag auf sich allein gestellt. Seine Mutter hatte mehrere Putzstellen angenommen, um sich und ihren Sohn halbwegs passabel durch ihr schlichtes Leben zu bringen. Die beiden lebten in einer kleinen Zweizimmerwohnung im dreizehnten Stock einer Berliner Plattenbausiedlung. Martens Vater ging keiner geregelten Arbeit nach und wohnte nur hin und wieder bei seiner Familie. »Er bleibt meistens nicht lange«, hatte Marten Frau Jansen einmal erzählt. »Meine Mama mag es nicht, wenn er den ganzen Tag nur Bier trinkt und fernsieht. Sie sagt, sie müsse arbeiten und er schert sich um nichts.«

Frau Jansen setzte sich auf den leeren Stuhl neben Martens Platz. »Du hast mir also nicht zugehört. Hm. Warum nicht? War es so uninteressant, oder hast du etwas so Wichtiges im Kopf, dass du dich einfach nicht konzentrieren konntest?«

Marten sah einen Augenblick vor sich. Dann sagte er so leise, dass man es kaum verstehen konnte: »Mein Vater und ich fahren heute zu einem Tiermarkt. Ich soll einen Hund bekommen.«

Frau Jansen schluckte, und mit einemmal hatte sie das Gefühl, den Boden unter den Füßen zu verlieren. Das durfte nicht wahr sein. Ein Hund in den dreizehnten Stock? In eine Familie, die es nicht schaffte, für sich selbst die Verantwortung zu übernehmen? Zu einer völlig überforderten Mutter, die gerade mal soviel Geld hatte, sich selbst und ihren elfjährigen Sohn durchs Leben zu bringen? Und einem Vater, der in regelmäßigen Abständen die gesamte Wohnung zu Kleinholz verarbeitete, weil er wieder einmal eine Flasche Schnaps zuviel getrunken hatte!

Jetzt war es Frau Jansen, die zur Uhr sah. Sie musste Marten in den wenigen Minuten, die ihr noch blieben, davon überzeugen, dass ein Hund vorerst nicht in seine Familie passte.

»Marten, setz dich bitte.« Frau Jansen versuchte eilig ihre Gedanken zu sortieren. Wo sollte sie jetzt auf die Schnelle anfangen zu erklären? Sobald die Schulglocke läuten würde, wäre hier niemand mehr bereit, ihr zuzuhören.

»Marten, erinnerst du dich denn nicht mehr daran, was ich euch über Tiermärkte erzählt habe?«, fragte sie in der Hoffnung, dass er es noch nicht in den Wind geschlagen hatte.

Marten nickte. Genau das hatte er geahnt. »Doch, daran kann ich mich schon noch erinnern. Sie haben gesagt, dass auf diesen Märkten niemand die Tiere gern hat, und dass dort alle nur an ihnen verdienen wollen.«

Frau Jansen hörte ihm zu, während sie gleichzeitig händeringend überlegte, wie sie das herannahende Unheil möglichst noch verhindern könnte.

»Ja, genau Marten, und was habe ich noch gesagt?«

»Dass viele Tiere dort krank sind und sich niemand darum schert.« Marten überlegte. Was hatte sie noch gesagt? Er versuchte sich zu konzentrieren, und ihm fiel ein, dass er sie damals während dieser Unterrichtsstunde gefragt hatte, ob es in dem Fall nicht gut sei, wenn man die Tiere dort kauft. Damit sie zu Menschen kommen, die sich um sie kümmern, wenn sie krank sind. Und sie hatte ihm erklärt, dass es dann immer so weitergehen würde. Sie hatte gesagt, dass man der Profitgier der Händler nur entgegenwirken könne, indem man den Handel mit den Tieren nicht unterstützt. Er erinnerte sich an die Bilder, die sie ihnen gezeigt hatte. An die Lkws, an die vielen gestapelten

Kisten auf den Ladeflächen und an die unzähligen kleinen Hundeköpfe, die überall herauslugten. Die Welpen saßen dicht aneinander gedrängt und konnten sich kaum bewegen. Frau Jansen hatte ihnen erklärt, dass diese Welpen zu jeder Jahreszeit auf den Märkten verkauft werden, und dass viele von ihnen im Winter erfrieren würden, weil sie tagelang in den kalten Lkws darauf warten müssen, verkauft zu werden. Und im Sommer, hatte sie gesagt, herrscht drückende Hitze in den Waggons, und viele von den Tierkindern ersticken, verdursten oder sterben an Herzversagen.

Marten erzählte und berichtete. Und Frau Jansen staunte. Er erinnerte sich beinahe punktgenau an alles, was sie zu diesem Thema gesagt hatte.

»Und würdest du noch einmal wiederholen, wie wir verhindern können, dass dieses traurige Dasein für die Tiere dort weitergeht?«, bat sie, und Marten senkte seinen Blick. »Ja!«, sagte er ein wenig beschämt. »Sie haben uns gesagt, dass wir es nur verhindern können, wenn wir dort niemals ein Tier kaufen.«

Frau Jansen ging nach vorn und legte das Mathematikbuch aus der Hand. »Ganz genau, Marten.« Sie setzte sich auf ihren Stuhl und wandte sich der Klasse zu.

»Die Tiere sind dort nichts weiter als Handelsware. Sie werden euch immer nur zwei oder drei Welpen auf ihren Marktständen präsentieren. Süße kleine Wollknäuel, denen ihr nicht anseht, wie krank sie gegebenenfalls sind. Erst wenn die Händler diese drei Welpen verkauft haben, holen sie die nächsten aus den Transportkisten. Auf diese Art und Weise verheimlichen sie euch, dass die Welpen in Massen produziert werden. Sie geben das Elend nicht preis.« Frau Jansen sah wieder auf die Uhr. Sie musste sich kürzer fassen. »Ihr müsst immer daran denken: Nur ein gut florierender Handel wird fortgesetzt. Wenn die Händler merken, dass sie die Hunde nicht verkaufen können, werden sie keine weiteren mehr nachzüchten. Es lohnt sich nicht eine Ware anzubieten, die man nicht loswird, an der man nichts verdient.«

Sie sah in die Gesichter ihrer Schüler. Sie nickten zustimmend und schienen die Problematik zu verstehen. Nur Marten saß da, und sie sah ihm seine Zerrissenheit an.

In diesem Augenblick nahm ihr die Schulglocke das letzte Wort ab. Die Kinder sprangen auf und stürmten in Windeseile aus dem Klassenraum. Frau Jansen rieb sich die Schläfen. Sie gab sich gerade dem Gedanken hin, dass sie das Schicksal eines weiteren traurigen Hundedaseins auf dieser Welt nicht mehr verändern konnte, als sie bemerkte, dass Marten die Klasse nicht verlassen hatte. Er saß noch immer auf seinem Platz und starrte nachdenklich durch die geöffneten Fensterscheiben nach draußen auf den Hof.

»Und was soll ich jetzt tun?«, fragte er nach einer Weile zögerlich. Frau Jansen atmete tief durch. Dann sagte sie: »Marten, komm, ich bringe dich zum Schultor. Ich möchte ganz kurz mit deinem Vater reden.«

***

Hans Dormahr hatte seinen Wagen unmittelbar vor dem Schultor geparkt. Mit verschränkten Armen und einer Zigarette im Mundwinkel stand er angelehnt an der Beifahrertür.

»Tag Papa!«, rief Marten ihm entgegen. Hans Dormahr nahm die Zigarette aus dem Mund und schnipste sie auf die Straße.

»Hat er was angestellt?«, fragte er, ohne auf die Begrüßung seines Sohnes einzugehen. Und noch bevor Frau Jansen mit dem Kopf schütteln konnte, drohte er dem Jungen bereits mit seiner erhobenen Hand.

»Nein, er hat nichts angestellt. Überhaupt nichts…!«, sagte Frau Jansen erschrocken und stellte sich sofort schützend vor Marten.

»Herr Dormahr, ich möchte Sie gern einen kurzen Moment sprechen.«

»Alles klar, ich hab' Zeit, gute Frau!«, erwiderte er und lehnte sich wieder lässig gegen seinen Wagen, während er sich eine neue Zigarette ansteckte.

Frau Jansen ging einen Schritt zurück, um dem Alkoholdunst, der ihn umgab, auszuweichen. »Herr Dormahr, Marten hat mir erzählt, dass Sie heute mit ihm zu einem Tiermarkt fahren wollen.«

»Ja, so war's geplant, aber mir ist da ein bisschen was dazwischen gekommen«, antwortete er, merklich angestrengt, die Worte flüssig hintereinander herauszubringen.

Frau Jansen sah ihn überrascht an und wollte sich gerade der aufkommenden Erleichterung hingeben, als er Marten mit einem Auge zuzwinkerte, sich umdrehte und mithilfe eines Metallhakens den verrosteten Kofferraumdeckel öffnete und einen geschlossenen Pappkarton herausnahm.

»Ging nicht anders, Kleiner. Hab heute noch ein paar Termine. Tiermarkt ist nicht. Aber keine Bange, was der Papa verspricht, das hält er auch!« Er nahm den Deckel ab und hielt Marten die geöffnete Schachtel entgegen. Es dauerte nur noch wenige Sekunden, bis Frau Jansens Befürchtung zur Gewissheit wurde, und ein kleiner schwarzer Wollknäuel vorsichtig seinen Kopf heraus schob.

»Wo haben Sie den Hund gekauft?«, fragte sie und bemühte sich, Martens Glückseligkeit unbeachtet zu lassen. »Spielt das eine Rolle?«, brummte Hans Dormahr, »mein Sohn wollte einen Hund, jetzt hat er einen!«

Frau Jansen starrte auf den Welpen, der voller Vertrauen auf sein Leben wartete, ohne zu ahnen, dass dieses Leben ein trauriges Debakel werden würde.

»Und Ihre Frau? Weiß sie, dass Marten einen Hund mit nach Hause bringen wird?« Wieder ging sie einen Schritt zurück, um der durchdringenden Alkoholfahne Hans Dormahrs auszuweichen.

»Was glauben Sie denn wohl? Ist alles besprochene Sache!«

Frau Jansen empfand den Gedanken, dass Martens Mutter einverstanden war, durchaus etwas beruhigend, aber keineswegs hilfreich, um an eine sichere Zukunft für dieses winzige Geschöpf zu glauben. Sie sah Marten an und musste sich eingestehen, dass sie ihn noch nie mit einer so tiefen Freude auf dem Gesicht gesehen hatte. »Vielleicht gehst du mit dem Welpen mal dort drüben auf die Wiese«, schlug sie vor, »Sicher muss er mal sein Geschäftchen erledigen.« Marten nickte und lief über den Schulhof zu dem kleinen Grünstreifen neben dem Schulgebäude.

»Herr Dormahr!«, versuchte Frau Jansen noch einmal an die Vernunft des Mannes zu appellieren, »so ein Welpe hat seine Bedürfnisse. Haben Sie daran gedacht? Haben Sie sich darauf vorbereitet? Er braucht die richtige Ernährung, er braucht einen ruhigen Schlafplatz, soziale Kontakte, medizinische Behandlung und ….« Sie bemerkte, wie er grinsend abwinkte und sich lässig eine weitere Zigarette in den Mundwinkel schob. Aber sie ließ sich nicht von seiner gleichgültigen Gestik beeindrucken.

»Herr Dormahr, auch wenn Sie das alles scheinbar für Blödsinn halten, ich werde es Ihnen trotzdem sagen. Ein Hund bedeutet auch eine finanzielle Belastung. Im Klartext, es werden Kosten auf Sie zukommen? Haben Sie vielleicht darüber einmal nachgedacht?«

»Nachgedacht! Vorbereitet! Meine Güte! Was machen Sie denn für ein Drama daraus? Eine Decke wird sich schon finden. Und ’nen Schluck Milch kostet auch nicht die Welt. Der bleibt doch klein. Der braucht doch nicht viel.«

Frau Jansen kniff die Lippen zusammen. Dieser Mann verstand nicht die Spur von dem, was sie ihm zu erklären versuchte. Ungeachtet ihrer Bedenken berichtete er dafür stolz, dass der Hund ein echter Sheltie von gerade mal zwei Monaten sei, und er ihn zu einem Spottpreis einem Kumpel abgekauft habe, der ihn am Abend zuvor mit in die Kneipe gebracht hatte.

Frau Jansen hätte am liebsten vor lauter Hilflosigkeit laut los geschrieen. Aber sie ließ sich ihre Verzweiflung nicht anmerken. Sie rief Marten zurück, legte ihren Arm um seine Schulter und sagte: »Siehst du Marten, dein Vater hat den Hund nicht auf einem Tiermarkt gekauft. Er hat ihn von einem Freund bekommen. Du kannst also ganz zufrieden sein.« Sie nickte ihm lächelnd zu. »Und jetzt werde ich dich und deinen Welpen nach Hause fahren.«

»Nee, warum das denn?«, folgte umgehend Hans Dormahrs Einspruch. »Ich bringe ihn schon dahin, wo er hin muss. Keine Bange, das eine Bier ist längst verflogen.«

Frau Jansen sah ihn eindringlich an. Sie zog ihr Handy aus der Tasche und hielt es demonstrativ in die Luft.

»Ah, kleine Erpressung, was gute Frau?« verstand Hans Dormahr ihre Absicht trotz des durch den Alkohol massiv eingeschränkten Denkvermögens. »Alles klar, alles klar, ich hab's kapiert!«, willigte er schließlich ein und wies seinen Sohn an, sich von seiner Lehrerin nach Hause fahren zu lassen, da er selbst noch wichtigen Terminen nachgehen müsse.

***

Marten saß auf der Rückbank und hielt den Welpen fest im Arm. Stolz sah er aus dem Seitenfenster. Seine Freunde aus dem Nachbarblock würden staunen. Niemand hatte daran geglaubt, dass sein Vater ihm einen Hund kaufen würde. Sie hatten ihn ausgelacht und ihm gesagt, dass sein »Alter« doch überhaupt kein Geld dafür habe. Und dass »der« doch noch nie ein Versprechen gehalten habe.

Marten streichelte dem Welpen liebevoll über den zierlichen Kopf. »Na ja«, flüsterte er ihm zu, »er hat wirklich schon viel versprochen, und gehalten hat er selten etwas.« Marten drückte das winzige Fellchen ganz nah an sein Gesicht und schloss die Augen.

Frau Jansen beobachtete ihn im Rückspiegel. Sie fragte sich, wer von diesen beiden Geschöpfen auf ihrer Rückbank ihr eigentlich mehr Leid tat. Eine sichere Zukunft hatten sie beide nicht.

»Marten, was meinst du?«, fragte sie, »wollen wir am Supermarkt kurz anhalten, damit du ein paar Dosen Welpenfutter kaufen kannst? Die Kleine wird Hunger haben, wenn ihr zu Hause angekommen seid.« Marten öffnete erschrocken seine Augen. Er hatte kein Geld, und seine Mutter würde erst am Abend nach Hause kommen.

Frau Jansen lächelte. »Ich werde dir den ersten Einkauf für deinen Hund spendieren!«, sagte sie, »aber natürlich stelle ich eine Bedingung!«

Marten blickte gespannt von hinten in den Rückspiegel, in dem er Frau Jansens Gesicht sah.

»Wenn ich das Futter bezahle, darf ich einen Namen für deinen Hund aussuchen! Einverstanden?«

Marten überlegte. Einen Namen hätte er ganz gern selbst ausgesucht. Aber es schien ihm ein gerechter Handel zu sein, bei dem er nicht schlecht weg kommen würde, und er musste jetzt schließlich an seinen Hund denken. »O.K., einverstanden!«, sagte er und nickte unterstützend mit dem Kopf. »Aber ein bisschen müsste mir der Name auch gefallen!«

Frau Jansen lachte. »Natürlich, das muss er schon!« Sie setzte den Blinker und fuhr auf den Parkplatz eines Einkaufszentrums.

Nachdem sie wenige Minuten später zwanzig Dosen Welpenkost und einen kleinen Weidenkorb mit einem weichen Kissen in den Einkaufswagen gelegt hatte, sah Marten sie wieder unsicher aus großen Augen an. »Keine Sorge!«, beruhigte sie ihn und knipste ihm mit dem Auge zu, »ich lass mir schon noch ein paar Bedingungen einfallen.« Aber anstelle einiger weiterer Bedingungen fiel ihr lediglich ein, dass dieses süße Etwas in Martens Arm auch ein Halsbändchen und eine Leine brauchen würde. Sie steuerte den Ständer mit den unzähligen Varianten an und während sie mühsam zwischen all den verschiedenen Größen und Farben suchte und wählte, kam ihr plötzlich der Gedanke, dass das, was sie hier tat, nicht wirklich in ihren Aufgabenbereich gehörte. Oft hatte sie sich im Kollegium schon anhören müssen, dass sie lediglich als Lehrerin für lernbehinderte Kinder angestellt worden war und weder als Sozialarbeiterin noch als Familiepflegerin arbeiten müsse.

Frau Jansen hatte sich für einen Augenblick in ihren Gedanken verloren. Aber die Stimme einer überaus redseligen Verkäuferin ließ ihr keine Gelegenheit, ihre Überlegungen zu Ende zu bringen. »Na, mein Junge«, sagte sie und sah Marten strahlend an, »da hat dir deine Mutter aber eine Freude gemacht, nicht wahr?«

Marten grinste verlegen.

»Er kann's wohl noch gar nicht fassen, was?«, sagte sie und wandte sich Frau Jansen zu. »Ja, so ist das bei den Kindern. Sie glauben alle, ein Hund wäre das größte Glück.« Sie wuschelte dem Welpen zärtlich über den Rücken. »Aber ich hoffe, dass Sie sich das gut überlegt haben. Einen Welpen aufzuziehen, ist schon eine große Aufgabe. Man hat schließlich die Verantwortung für ein ganzes Hundeleben in der Hand.«

Während die Verkäuferin dafür sorgte, dass Frau Jansens ohnehin bereits vorhandenes ungutes Gefühl sich unaufhaltsam ausbreitete, suchte sie im Handumdrehen die passende Ausführkombination zusammen, begleitete sie zur Kasse und wandte sich dem nächsten Kunden zu.

Auf dem Weg zum Auto bemerkte Frau Jansen mit einem weiteren Augenzwinkern, dass sie jetzt eine Menge Bedingungen stellen dürfe. Und Marten lachte überglücklich und drückte seinen Welpen fest an sich.

Er war bereits wieder auf die Rückbank geklettert, als er leise sagte: »Das wär's, was, Frau Jansen?«

Sie drehte sich zu ihm um und sah ihn fragend an. »Was meinst du, Marten? Was wär's?«

Er kaute verlegen auf seiner Unterlippe herum und krauste seine Stirn. »Na das, was die Verkäuferin vorhin meinte!«

Frau Jansen sah ihn nachdenklich an. Da saß ein elfjähriger Junge auf ihrer Rückbank, der sich nach einer Mutter sehnte, die Zeit für ihn hat, die ihn umarmt und für ihn da ist.

»Marten, deine Mama wäre sicher traurig, wenn sie das hören würde. Sie liebt dich, und du wirst sehen, sie wird deinen Hund genauso lieb haben wie dich.«

Marten nickte. Und schwieg.

»Wollen wir vielleicht einen Namen aussuchen, bevor wir losfahren?«, fragte Frau Jansen, um ihn wieder aufzuheitern. »Es ist ein Mädchen, daran müssen wir bei unserer Auswahl denken.«

Martens trauriger Gesichtsausdruck schwand umgehend. »Ich hätte ja eine Idee«, meinte er zögerlich, »aber ich halte mich an unsere Abmachung.«

Frau Jansen verbarg ihr Schmunzeln und strengte sich sichtlich an, einen geeigneten Namen zu finden. Sie grübelte. Sie rieb sich die Stirn und seufzte. »Hmh, ist das schwer …! – Also ehrlich, mir fällt doch einfach kein vernünftiger Name ein! – Ob du mir vielleicht doch einen Tipp geben könntest? Du hattest doch eine Idee!« Marten spitzte seine Lippen. »Na gut«, meinte er schließlich. »Wenn Ihnen wirklich nichts einfällt, dann wäre ich bereit Ihnen zu helfen!« Frau Jansen tat merklich erleichtert und nickte ihm bittend zu. »Was halten Sie denn von ‚Püppi'?«, fragte er. Frau Jansen überlegte. »Püppi? – Tja ... mmh?« Ihr gefiel der Name keineswegs, aber das musste er auch nicht.

Sie stimmte begeistert zu, setzte den Blinker und verließ den Parkplatz.

Eine ganze Weile fuhren sie ohne miteinander zu reden durch den dichten Verkehr, der die Stadt an den Freitagnachmittagen regelmäßig zur Qual werden ließ. Die hochsommerliche Temperatur sorgte dafür, dass die Luft im Wagen immer unangenehmer wurde, und Frau Jansen dachte gerade mit Schrecken daran, spätestens in einer halben Stunde die gesamte Strecke wieder zurückfahren zu müssen, als Marten überraschend sagte: »Meine Mutter hat schon ziemlich oft gemeint, dass es ihr ohne mich viel besser gehen würde!«

***

Als Frau Jansen mit ihrem Wagen in die Straße einbog, in der Marten zu Hause war, zeigte sich der bisher helle, sonnige Tag plötzlich in einem tristen Grau. Menschenleer und öde ruhte das gesamte Straßenbild in der glimmenden Nachmittagshitze. Rechts und links säumten unüberschaubar große Mietskasernen die schmutzigen Gehwege.

»Sie müssen lang durchfahren«, sagte Marten, »unser Eingang ist der letzte in der Straße, auf der rechten Seite.«

Frau Jansen hoffte, dass sich das Bild bis zum Ende der Straße verändern würde. Aber es blieb einheitlich. Es gab weder Rasenflächen, noch Bäume, noch Sträucher. Nur graue fantasielose Tristesse aus Fertighausteilen. Hin und wieder saßen Jugendliche in kleinen Gruppen vor den Hauseingängen herum. Sie tranken Bier, rauchten hauchdünne Zigaretten und wussten nichts mit der Zeit anzufangen. Frau Jansen schätzte sie auf vierzehn bis siebzehn, und sie dachte unweigerlich darüber nach, dass in ein paar Jahren vielleicht auch Marten dasitzen würde, ohne Job, ohne Ziel, ohne Zukunft.

Sie parkte den Wagen vor dem Eingang des Hauses mit der Nummer 131, nahm die Einkaufstaschen aus dem Kofferraum und begleitete Marten zur Haustür.

In der Durchfahrt zum Hinterhof des Hauses saß ein junger Mann mit tief schwarz gefärbten Haaren, die auf dem Kopf zu einem grünen Kamm empor standen. Sein Gesicht war bleich und seine Augen schienen trüb. Rechts und links von ihm lagen zwei Hunde, beide auf einer eigenen Decke. Er selbst saß auf dem blanken Beton. Sie starrten alle drei ins Leere und ließen die Zeit an sich vorbeiziehen.

»Er ist mein Freund«, erklärte Marten und zeigte zu dem jungen Mann mit den beiden Hunden. »Wollen wir kurz zu ihm gehen?«, fragte er und deutete stolz auf Püppi. »Er wird Augen machen!«

Frau Jansen nickte, während ihr Blick wieder an den Fassaden der Massenquartiere entlang wanderte. Sie bestanden jeweils aus einem Vorderhaus und mehreren Quergebäuden im Hinterhof. Alle Gebäude ragten weit hinauf in den Himmel. Sie fühlte sich unwohl in dieser Umgebung, und sie spürte den stillen Wunsch, diesen Teil der Stadt möglichst schnell wieder verlassen zu dürfen. Ihr schlechtes Gewissen versuchte sie unbeachtet zu lassen. Trotzdem drängte es sich ihr immer wieder auf und erinnerte sie daran, dass die Menschen, die hier leben mussten, ganz sicher den gleichen Wunsch in sich trugen oder zumindest irgendwann einmal in sich getragen hatten. Aber sie mussten bleiben. Sie konnten nicht einfach auf der Straße, auf der sie gekommen waren, wenden und zurückfahren. Zurück in eine andere Welt, die nur eine halbe, vielleicht eine dreiviertel Autostunde entfernt lag.

Frau Jansen dachte an ihr kleines idyllisch gelegenes Einfamilienhäuschen, an ihren Garten, an ihre Freunde, die am Abend vorbeikommen würden und denen sie von den Eindrücken dieses Nachmittags, von Marten und von Püppi erzählen würde. Sie würden alle interessiert zuhören, kurz ihr Mitleid mit dem Jungen und ihre Sorge um den Hund ausdrücken und schließlich das Thema wechseln.

Marten nannte seinen Freund »Punk«. Seinen richtigen Namen kannte er nicht. »Hey, Zwergnase!«, rief Punk ihm entgegen, als er ihn kommen sah. »Hey Punk. Guck mal, was ich hier habe!«, freute sich Marten und fiel Punk in die Arme. »Na siehst'e Kleiner, geht doch!«, meinte er und klopfte ihm auf die Schulter. Dann nahm er den Welpen, bewunderte ihn überschwänglich und setzte ihn zu den beiden Hunden. Die beiden Mischlinge waren freundlich zu Püppi. Sie wartete mutig ab, wedelte aufgeregt mit dem Schwänzchen und setzte ein paar Sekunden später ein beachtliches Pfützchen auf eine der ohnehin schon schmutzigen Decken. Punk schenkte dem Ganzen keine Beachtung mehr, da er bereits Frau Jansens Gegenwart realisiert hatte. Misstrauisch beobachtete er sie. »Wer ist das?«, fragte er und Marten erklärte ihm, dass sie seine Lehrerin sei und ihn nach Hause gefahren habe. Punk nickte sichtlich erleichtert. »Ich dachte schon, die hätten dir das Jugendamt auf den Hals geschickt.« Marten zog die Augenbrauen hoch und hockte sich zu den Hunden. »Oh je, das würde uns gerade noch fehlen, was Püppi? Nee, nee, Frau Jansen ist in Ordnung.«

Punk kramte derweil in einem schmuddeligen Stoffbeutel herum. »Hör mal, Zwergnase!«, meinte er. »Den hier soll ich dir geben.« Er hielt ihm einen Schlüssel entgegen. »Deine Mum ist krank geworden. Alles wie immer! Sie haben sie am Vormittag ins Krankenhaus gebracht!«

Frau Jansen erschrak. Ausgerechnet heute? Was sollte sie jetzt machen? Sie konnte dieses Kind doch nicht einfach sich selbst überlassen? Sie sah Marten an. Aber er schien keineswegs aus der Fassung zu geraten. Die Nachricht schien ihn überhaupt nicht zu beeindrucken. Er nahm den Schlüssel und meinte: »Alles klar, dann weiß ich Bescheid!«

***

Die Wohnung der Dormahrs war einfach und schlicht eingerichtet. Frau Jansen stellte die Einkaufstaschen mit dem Hundefutter in der Küche ab. Der Raum war klein und strahlte keinerlei Atmosphäre aus. Links neben der Tür reihten sich ein Herd aus weißer Emaille, ein Kühlschrank und eine Spüle mit weißen Schiebetüren aneinander. Auf der gegenüberliegenden Seite stand ein Küchenschrank, der an die siebziger Jahre erinnerte und in der Ecke neben dem Fenster gruppierten sich drei Stühle mit Chrombeinen um einen Tisch mit weiß-grauer Platte. Rechts neben der Küchentür stand auf einem kleinen Schränkchen ein mit Heu ausgelegter Glaskäfig. Ein Laufrad und ein selbst gebasteltes Häuschen aus Pappe ließen auf einen darin lebenden Hamster schließen.

Frau Jansen öffnete die schmale Tür, die von der Küche aus auf einen kleinen Balkon führte, auf dem eine verdörrte Grünpflanze und ein brauner Klappstuhl aus Kunststoff standen. Für einen zweiten Stuhl hätte der Platz nicht ausgereicht. Sie sah über die Balustrade hinaus in die graue Tristesse. Soweit das Auge reichte, Fenster, Balkons, Fassaden.

»Na, junge Frau, so sieht man sich wieder!« Frau Jansen erschrak. Sie hatte nicht gehört, dass jemand gekommen war. Hans Dormahr stand in der Küchentür und nahm einen kräftigen Schluck aus einer Bierdose. Dann sah er sich suchend um. »Wo ist der Hund, Marten?«, wollte er wissen, und Marten verwies ängstlich auf sein Zimmer. »Püppi ist furchtbar müde. Ich hab' sie in ihren Korb gelegt, und sie ist sofort eingeschlafen«, versuchte er schüchtern seinem Vater zu erklären.

»Ach was, müde!«, brauste der sofort auf, ohne sich nur eine Sekunde lang zu fragen, von welchem Korb Marten sprach, »ein Hund kann nachts schlafen! Hol ihn mal her. Ich will mal begutachten, was ich uns da angeschafft habe.«

Marten sah Frau Jansen Hilfe suchend an.

»Herr Dormahr, ein Welpe muss auch tagsüber schlafen. Die Kleine war den halben Tag unterwegs und muss erstmal zur Ruhe kommen. Und Sie haben doch später noch genug Zeit, sie zu begutachten. So wie's aussieht, müssen Sie ohnehin erstmal bleiben. Ihre Frau soll in der Klinik sein.«

Mit zusammengekniffenen Augen starrte er in ihr Gesicht. »Was machen Sie eigentlich noch hier?«, fragte er übergangslos laut und gereizt, während er ihr bereits die Wohnungstür öffnete. Frau Jansen zog die Schultern hoch. »Eine gute Frage!«, meinte sie und wandte sich Marten zu. »Dein Vater hat wirklich Recht. Ich mach mich mal auf den Weg. Wenn Püppi gleich ausgeschlafen hat, musst du daran denken, sie zu füttern und sie nach unten zu bringen, damit sie lernt, ihr Geschäftchen draußen zu machen!«

Marten nickte und Frau Jansen sah Tränen in seinen Augen, als sie ihn an der Wohnungstür zum Abschied in ihre Arme schloss. »Pass gut auf deinen Hund auf, hörst du?!«, rief sie ihm noch einmal zu, als sie bereits vor dem Fahrstuhl stand.

Und Marten nickte wieder, während seine Tränen jetzt an seinen Wangen herunter liefen.

Frau Jansen hatte ihren Wagen bereits auf der Straße gewendet, als sie im Außenspiegel sah, dass Punk hinter ihr hergelaufen kam. »Hey, Frau Jansen, warten Sie mal kurz!«, rief er laut und ruderte winkend mit beiden Armen in der Luft. Sie hielt an und stieg wieder aus dem Wagen. »Punk, was ist noch?«, fragte sie ungeduldig. »Ich wollt' Ihnen noch schnell stecken, dass Sie sich keinen Kopf machen müssen. Ich kümmere mich schon um den Zwerg. Seine Mutter hat mal wieder ein paar Pillen zuviel geschluckt. Weiter nichts. Das dauert nicht lange, die ist bald wieder da!«

Die schwere gleißende Luft, die zwischen den Häuserschluchten stand und keinen Windzug spüren ließ, schien Frau Jansen in diesem Moment zu erdrücken.

»Weiter nichts?«, wiederholte sie nach einer kurzen sprachlosen Pause. Und Punk nickte. »Ja, das ist nichts Besonderes, passiert immer mal wieder.« Dann drehte er sich um und ging zurück in den Durchgang zum Hinterhof.

***

Püppi war erwachsen geworden. Sie war zu einer lebenslustigen, hübschen kleinen Hündin herangewachsen. Ihr Fell glänzte tief schwarz. Nur ihre Beinchen waren bis zur Kniehöhe hellbraun gezeichnet und über den Augen trug sie zwei ebenso hellbraune Punkte, die ihrem Gesicht ein verschmitztes Aussehen gaben.

Marten war stolz auf Püppi. Er genoss die vielen Komplimente und Bewunderungen, die er überall für seinen Hund erhielt: »Das ist aber ein hübscher Hund!« – »Der hört aber gut!« – Ist das aber ein liebes Wesen!« Nie zuvor hatten die Leute Marten auf der Straße beachtet. Jetzt erhielt er Aufmerksamkeit und Anerkennung.

Die Vormittage, an denen Marten in der Schule war, verbrachte Püppi zusammen mit Punk und seinen beiden Hunden im Hof. Vom ersten Tag an gehörten die drei zu ihrem Leben. Marten hatte es nicht übers Herz gebracht, sie allein und weinend in der Wohnung zurückzulassen.

An den Nachmittagen fuhren sie dann alle gemeinsam mit der S-Bahn in die Wald- und Wiesengebiete am Stadtrand. Stundenlang streunten sie durch die Felder, erkundeten neue Wege und lagen zusammen in der Sonne am Fluss. Püppi durfte herumstromern, solange sie mochte. Sie durfte schnüffeln und spielen, und auf dem Heimweg warf Marten dann zum Abschluss eines jeden Tages ein paar Stöckchen, und Püppi holte sie ihm alle unermüdlich zurück.

»Wir sind eine richtige Familie geworden, Punk und ich!«, hatte Marten Frau Jansen in der Schule einmal überglücklich berichtet. »Seitdem Püppi da ist, machen wir alles zusammen.«

Frau Jansen freute sich darüber, dass Marten so glücklich geworden war und er an Punk so etwas wie einen Halt gefunden hatte, obgleich ihre Vorstellung von einer Familie für Jungen in seinem Alter eine andere war.

So vergingen die Wochen und Monate, und fast alle in der Schule hatten beinahe vergessen, dass Marten einmal ein trauriges, in sich gekehrtes Kind war. Ein Kind, das nur selten lachte, und dessen Augen immer nur von Angst und Misstrauen erzählten.

Die kleine Hündin hatte es geschafft, aus ihm ein fröhliches, aufmerksames Kind zu machen. Marten freute sich auf jeden neuen Tag. Er nahm mit Interesse am Unterricht teil, und Frau Jansen war immer wieder über seine zügige Auffassungsgabe verblüfft. »Na ja«, erklärte er ihr einmal auf ihre Frage, warum er neuerdings so eifrig mitarbeite, »Püppi ist halt auch sehr klug. Was bleibt mir da anderes übrig?« Und Frau Jansen musste wieder einmal schmunzeln.

***

»Marten, was ist mit dir?«, fragte Frau Jansen eines Morgens vor dem Unterricht. »Wo ist die Fröhlichkeit geblieben, die ich nun seit über einem Jahr von dir kenne?«

Er sah sie an, antwortete ihr aber nicht.

»Ist etwas mit Püppi?«

Marten schüttelte den Kopf.

»Marten, wenn sie krank ist, dann sag es mir! Wir fahren zum Tierarzt.«

»Sie ist nicht krank«, sagte er wortkarg, wandte sich ab und ging über den Schulflur ins Klassenzimmer.

Frau Jansen sah hinter ihm her. Irgendetwas stimmte nicht. In seinen Augen war seit längerem keine Spur mehr von dem Glanz und der Glückseligkeit des letzten Jahres zu erkennen. Sie musste herausfinden, was ihn bedrückte, bevor aus ihm wieder der verschlossene Junge wurde, der er einmal gewesen war.

»Marten«, sagte sie nach der letzten Stunde. »Ich könnte dich heute mitnehmen, ich muss ohnehin in deine Richtung, und bei der Gelegenheit würde ich ganz gern auch Püppi mal wieder besuchen.«

Marten druselte herum. Er zog die Schultern hoch, spitzte überlegend den Mund und nuschelte gelangweit: »Ich weiß nicht, ich kann auch mit dem Bus fahren.«

Frau Jansen kniff die Lippen zusammen und dachte nach. Genauso war er gewesen. Unzugänglich und schwierig. Fast hatte sie es vergessen.

Sie hatte ihn im letzten Jahr oft zuhause besucht, ihm regelmäßig große Futtersäcke für Püppi vorbeigebracht, sich um die Impfungen und sonstige medizinische Versorgung gekümmert, und sie hatte an der Veränderung in Martens Leben teilgenommen. In Punk und seinen Hunden hatte er eine Familie gefunden. Es gab jemanden, der jeden Tag auf ihn wartete. Und Püppi hatte ihm all das geschenkt, was ihm immer gefehlt hatte. Durch sie erfuhr er Liebe, Wärme, Zuneigung, Vertrauen. Sie freute sich, wenn er heimkam, begrüßte ihn, sprang an ihm hoch. Sie zeigte ihm unmissverständlich, dass er der Größte, Mutigste und Klügste für sie war. Sie gab ihm das Gefühl, nicht mehr allein zu sein. Was aber hatte sich jetzt verändert? Frau Jansen stand vor ihm und sah ihn nachdenklich an. Was war es, das ihn offensichtlich wieder zurückholte, zurück in sein altes ICH?

»Na gut, wenn du nicht mitfahren möchtest!«, sagte sie. »Ich werde trotzdem mal wieder bei Püppi vorbeischauen. Schließlich bin ich ihre Patentante. Und als solche habe ich ihr gegenüber auch Pflichten.« Sie drehte sich um, nahm ihre Tasche und ging zum Ausgang.

»Wie ist das eigentlich?«, rief Marten überraschend hinter ihr her. »Müssen Paten sich nicht auch um Patenkinder kümmern, wenn die niemanden mehr haben?«

Frau Jansen blieb stehen und schluckte. Wollte er Püppi abgeben? Sie wandte sich ihm wieder zu. »Ja!«, nickte sie. »Paten sollten sich in Notsituationen um ihre Patenkinder kümmern, das kann man durchaus so sagen!«

Marten sah aus dem Fenster und sagte nichts. Frau Jansen wartete. Aber er hüllte sich weiterhin in Schweigen. Entmutigt zog sie die Schultern hoch und verließ die Schule.

Sie war bereits auf dem Parkplatz, als Marten plötzlich hinter ihr hergelaufen kam. »Meinetwegen!«, rief er. »Ich fahre mit Ihnen.«

Frau Jansen hoffte, dass Marten während der Autofahrt von sich aus anfangen würde, zu erzählen. Aber er schwieg. Er saß auf der Rückbank, sah aus dem Seitenfenster und sagte kein einziges Wort.

»Hast du noch genügend Trockenfutter für Püppi?«, fragte Frau Jansen, als sie das Schild des Futterladens am Straßenrand sah. »Nee, ist alle!«, antwortete er einsilbig.

Sie setzte den Blinker und bog auf den Parkplatz ab. Ohne ein einziges Wort schoben sie gemeinsam den Einkaufswagen durch den Laden und suchten die benötigten Futtertüten zusammen. Erst als sie die Kasse ansteuerten, wurde ihr Schweigen abrupt unterbrochen.

»Halloooo!«, tönte es freudig hinter der Kassentheke her. »Heute ist der Sohnemann ja mal wieder dabei?« Die freundliche Verkäuferin war nach all den Futtersäcken, die Frau Jansen im letzten Jahr hier gekauft hatte, noch freundlicher geworden, als es ihre Natur ihr ohnehin schon vorgab. »Na, mein Junge, hast du denn noch Spaß an deinem Hündchen, oder muss die Mama schon hin und wieder einspringen?«, fragte die junge Frau lachend, und Frau Jansen überlegte gerade, ob sie dieser netten Freundlichkeit nicht endlich einmal erläutern sollte, dass sie lediglich die Lehrerin sei, als genau jene Erläuterung völlig unerwartet aus Marten herausexplodierte. »Sie ist nicht meine Mutter!«, schrie er die Verkäuferin an. »Wenn sie es wäre, dann gäbe es diese Katastrophe jetzt nämlich nicht.« Er drehte sich um und rannte laut weinend aus dem Laden. Frau Jansen erklärte der nun plötzlich verstummten Verkäuferin in drei Sätzen die Situation, bezahlte in Windeseile und lief hinter Marten her. Er stand am Wagen und schluchzte, und die Tränen liefen nur so über sein Gesicht. Frau Jansen ging zu ihm und legte ihren Arm um seine schmalen Schultern. »Was ist mit dir, Marten? Bitte erzähl es mir. Was ist passiert?« Sie hielt ihn ganz fest in ihrem Arm, und er weinte und weinte, und es dauerte noch einige Zeit, bis er anfing zu erzählen.

»Sie wollen in eine andere Wohnung ziehen! Er hat sie überredet, wieder mit ihm zusammenzuleben.«

»Wer will in eine andere Wohnung ziehen?«, fragte Frau Jansen, obwohl sie bereits ahnte, von wem er sprach.

»Meine Mutter will wieder für ganz mit ihm zusammen sein! Und ob ich das will, interessiert niemanden.«

Frau Jansen hätte sich den Rest jetzt denken können, aber sie ließ Marten erzählen. Wie ein Wasserfall brachen die angestauten Gefühle aus ihm heraus. Sein Vater hatte eine Arbeit gefunden und seiner Mutter versprochen, sich zu ändern, für seine Familie sorgen zu wollen. Er hatte seiner Frau versichert, dass sie in Zukunft weniger arbeiten müsse und sich dafür mehr um Marten kümmern könne.

»Die neue Wohnung liegt am anderen Ende von Berlin. Es gibt dort eine Schule, aber keine S-Bahn«, schluchzte Marten und sah Frau Jansen aus tief traurigen Augen an. »Was soll denn da aus Püppi werden. Sie hat doch Angst vor meinem Vater, und sie kann doch nicht allein sein. Und Punk…? Punk werde ich auch nie wieder sehen.« Er weinte laut und bitterlich und herzergreifend. Frau Jansen drückte ihn fest an sich und strich ihm nachdenklich über den Kopf. »Püppi wird es lernen, stundenweise allein zu bleiben«, versuchte sie ihn zu trösten. Aber sie wusste, dass das nicht das Problem war. Martens Leben würde sich durch den Umzug in diesen weit abgelegenen Stadtteil wieder grundlegend verändern. Er würde wieder allein sein. Ohne Punk, ohne Punks Hunde, ohne die gemeinsamen Ausflüge und wieder ohne feste Struktur in seinem Alltag.

Und sie selbst würde ihn auch aus den Augen verlieren.

Dabei hatte er gerade erst Fuß gefasst in einem Leben, dessen Werte ihm eine reelle Chance auf eine Zukunft hätten bieten können.

***

Traurig stand Püppi hinter der Wohnungstür. Sie hatte ihre Versuche, Marten davon abzuhalten, sie allein in der Wohnung zurückzulassen, vor langer Zeit schon aufgegeben. Anfangs hatte sie jeden Morgen gebellt, laut und hektisch, stundenlang. Sie war gegen die Tür gesprungen, hatte an der Schwelle gekratzt und gescharrt. Aber Marten hatte jeden Morgen die Tür hinter sich zugezogen und war gegangen. »Anders geht es nicht!«, hatte er allmorgendlich gesagt, »du musst dich daran gewöhnen.« Und seine Stimme klang dabei von Tag zu Tag liebloser.

Püppi verstand all die Veränderungen in ihrem Leben nicht. Die Spaziergänge mit Marten waren nicht nur seltener geworden, sondern auch kürzer. Während sie früher gemeinsam durch die Natur am Stadtrand gestreift waren, bis die Sonne hinter dem Horizont verschwunden war, musste Püppi sich jetzt beeilen, um ihr Geschäftchen draußen verrichten zu können. Und während Marten sich früher darüber gefreut hatte, wenn Püppi sich vor Wonne im hohen Gras wälzte, spürte sie jetzt seine Ungeduld. Vorbei waren auch die Zeiten der ausgiebigen Streicheleinheiten, der gemeinsamen Nachmittage mit Punk und seinen Hunden und der wilden, freundschaftlichen Raufereien mit den beiden.

Seitdem Marten mit seinen Eltern in die neue Wohnung gezogen war, hatte er keine Zeit mehr für Püppi. Er ging am frühen Morgen aus dem Haus und kam fast immer erst am späten Nachmittag zurück. Er kümmerte sich kaum noch um sie.

Er war älter geworden und hatte andere Freunde gefunden. Sie waren der Meinung, es sei albern mit einem so kleinen Hund wie Püppi herumzulaufen. Sie hielten sich in den Hinterhöfen auf, rauchten und tranken. Und Marten wollte gefallen, um Anschluss zu finden.

Nachdem sich Püppi schweren Herzens an das Alleinsein gewöhnt hatte, verschlief sie zunächst die Zeit, die sie in der Wohnung verbringen musste. Aber nach Wochen der immer schwerer zu ertragenden Langeweile, fing sie an, sich zu beschäftigen. Sie zerkaute Martens Schuhe, seine Bücher, Pullover, Kissen. Sie kratzte Tapeten von den Wänden und leerte regelmäßig den Mülleimer in der Küche aus. Sie durchstöberte den Inhalt, sortierte ihn auf die Teppiche und legte sich unter Martens Bett ein Depot mit noch brauchbaren Dingen an. Marten kam jeden Tag schimpfend heim. »Bin gespannt, was du heute wieder angerichtet hast«, schrie er schon, während er die Wohnungstür aufschob. Er packte sie dann im Nacken, schüttelte sie und befahl ihr wütend, ihm aus dem Weg zu gehen. Sofort verkroch sie sich dann unter dem Bett, obwohl sie den ganzen Tag lang auf den Moment seiner Heimkehr gewartet hatte.

Mit jedem Tag, der verging, fühlte Püppi sich ein bisschen einsamer. Sie sehnte sich nach Nähe und streichelnden Händen. Sie träumte von Punk und den Hunden. Sie vermisste den Duft der Wiesen, die Wärme der Sonne, die Geborgenheit und die Liebe und Martens fröhliches Lachen. Und manchmal dachte sie noch an das gut riechende Futter, das Frau Jansen früher immer gebracht hatte, und an dem sie sich immer satt essen konnte.

Die Tage in Püppis neuem Leben verliefen alle gleich. Wochenlang, monatelang, jahrelang. Sie war allein und niemand kümmerte sich noch um sie.

***

Hans Dormahr hatte längst in sein altes Leben zurückgefunden und den Job, den er damals angenommen hatte, wieder an den Nagel gehängt. Den ganzen Tag über saß er in der Küche, trank Bier und sah fern. Abends, wenn seine Frau von der Arbeit heimkam, schrie er herum und randalierte, weil er mit sich und der Welt nicht zufrieden war. »Ich werde mir einen Hund anschaffen!«, verkündete er eines Abends entschlossen. »Wir haben bereits einen Hund, um den sich hier niemand mehr kümmert«, erinnerte seine Frau ihn müde. Wutentbrannt sprang er auf: »Ich will nicht mit so einem Winzling durch die Gegend laufen. Ich mach mich doch nicht zum Hampelmann. Ich werde mir einen Rottweiler zulegen.« Frau Dormahr zählte die leeren Bierflaschen auf dem Küchentisch. Sie wusste, dass sie mit jedem weiteren Wort Öl ins Feuer gießen würde. Aber auch ihr Stillschweigen reizte ihren Mann an diesem Abend. Er schimpfte und schrie und wurde lauter und lauter, bis er schließlich nach einem Messer griff und es aufgebracht in die Tischplatte donnerte. »Ich habe keine Lust mehr, ständig mit dir herumzulamentieren!«, fuhr er seine Frau an. »Wenn dir das hier nicht passt, musst du dir eben eine andere Wohnung suchen.«

Püppi war gerade in diesem Augenblick in die Küche geschlichen, um nach ihrem Topf zu sehen, in den bereits seit zwei Tagen niemand mehr etwas eingefüllt hatte. Hungrig blinzelte sie vorsichtig um die Ecke. Langsam und geduckt schlich sie zu dem leeren Topf. Es war kein einziger Krümel mehr vorhanden. Aber sie schleckte ihn ein weiteres Mal aus. Das Geräusch ließ Hans Dormahr auf sie aufmerksam werden. Er drehte sich um, griff unvermittelt nach ihr und schleuderte sie schimpfend gegen die Wand. »Das ist doch kein Hund!«, brüllte er und nahm wieder einen Schluck aus der Flasche.

Püppi lag auf dem Boden und blutete aus der Nase. Erst als er am Tisch sitzend eingeschlafen war, brachte Frau Dormahr sie heimlich zu einer Nachbarin.

Laut brüllend war Hans Dormahr später durch das Treppenhaus gelaufen. »Wo ist dieser Köter?«, hatte er geschrieen, während er mit den Füßen immer wieder wütend gegen das Treppengeländer getreten hatte.

***

Als Marten nach Hause kam, ging er an Püppi vorbei in die Küche, zum Korb des Welpen. Er kraulte ihn kurz, öffnete sich eine Flasche Bier und steckte sich eine Zigarette an. Püppi war hinter Marten hergelaufen. Sie stand neben ihm und wedelte mit ihrem Schwänzchen. Aber er beachtete sie nicht. Sie sprang an ihm hoch und leckte seine Hand. Aber Marten schob sie zur Seite. »Geh weg«, sagte er, »geh raus hier, am besten ganz raus aus der Küche.« Marten drängte sie aus der Küche und schloss die Tür. Püppis Schwänzchen hing tief herab und ihre Augen blickten traurig gegen die geschlossene Tür. Sie schnupperte an der Ritze der Türschwelle. Sie winselte und kratzte. Sie drückte ihre Nase in den Spalt zwischen Tür und Boden und schnaubte und atmete wieder tief ein. Plötzlich riss Marten die Tür ruckartig von innen auf. Erschrocken sprang sie zurück. »Was soll das?«, brüllte er sie an. Seine Stimme war dunkel und böse. »Geh mir aus dem Weg! Und wag dich nicht an den Welpen!« Püppi sah ängstlich zu Marten auf, bis er in seinem Zimmer verschwand. Einen Moment lang lief sie noch im Flur hin und her. Dann legte sie sich einsam auf ihre Decke, rollte sich zusammen und schlief traurig ein.

Erst am späten Abend, als eine laute Stimme durch die Wohnung dröhnte, fuhr sie aus dem Dämmerschlaf hoch. »Marten!«, rief Hans Dormahr, als er nach Hause kam. »Warst du mit Rott unten?« Er ging an Püppi vorbei, ohne sie eines Blickes zu würdigen. In der Küche bückte er sich zu dem Welpen, tätschelte ihn kurz auf dem Kopf und mit einem »ist ja gut Rott - nun geh mal vor meinen Füßen weg« setzte er seinen Weg zum Kühlschrank fort. Mit einer Flasche Bier ließ er sich dann am Küchentisch nieder. Erst als er sich die zweite Flasche holte, fiel ihm ein, dass Marten ihm nicht geantwortet hatte. Wieder schrie er durch die Wohnung. »Marten! Warst du mit Rott unten?«

Einen Augenblick später kam Marten aus seinem Zimmer. Ohne eine Antwort, griff er nach seinem Schlüssel und warf die Tür hinter sich ins Schloss. Püppi beobachtete das Geschehen. Aber sie blieb zusammengerollt auf ihrer Decke liegen.

Hans Dormahr trank bereits die dritte Flasche Bier. Der Welpe hatte sich mittlerweile einen Platz auf seinem Schoß erarbeitet. Er wurde gekrault und mit Leckereien versorgt.

Püppi warf einen verzweifelten Blick in ihre leere Schüssel, die man ihr in den Flur gleich neben ihre Decke gestellt hatte. Sie hätte Berge von diesen Leckereien verschlingen können. Sie stand auf. Die Küchentür war nur angelehnt, und sie konnte durch den Spalt erkennen, dass unter dem Stuhl einige Brösel lagen, die Rott herunter gefallen waren. Unauffällig schob sie langsam mit ihrer Schnauze die Tür auf. Nur soweit, dass sie hindurch passte. Leise schlich sie sich hinein und machte sich daran, jeden einzelnen Krümel aufzusuchen. Sie suchte den ganzen Küchenboden ab. Ihr Hunger war unbändig. Sie war gereizt und maßlos neidisch auf den Welpen, der einen Happen nach dem anderen verschlang. Und die Gelegenheit, ihm das zu signalisieren, bot sich ihr im nächsten Augenblick. Hans Dormahr hatte seine dritte Flasche geleert. Er stand auf. Rott fiel auf den Küchenboden, direkt vor ihre Nase. Püppi zog die Lefzen hoch und zeigte ihm für den Bruchteil einer Sekunde ihre kleinen weißen Zähne. Dann stürzte sie sich unvermittelt auf ihn. Sie packte ihn ihm Nacken, verbiss ihre kleinen Zähne in seinem Fell und versuchte mit aller Kraft, ihn zu schütteln. Aber Rott war bereits mit seinen vier Monaten schwerer, größer und stämmiger als sie. Sie konnte ihm überhaupt nichts anhaben. Trotzdem quiekte er so laut, als würde er sich in ein Messer gesetzt haben. Hans Dormahr fuhr herum, ließ vor Schreck die Bierflasche in tausend Scherben auf den Boden krachen und riss

Püppi brutal zur Seite. »Du Mistköter!«, schrie er sie an. »Du verdammter Mistköter! Ich mach dich einen Kopf kürzer, das verspreche ich dir. Raus hier! Sieh bloß zu, dass du hier raus kommst!« Mit einem harten Fußtritt beförderte er Püppi zurück in den Flur. Verwirrt stand sie wieder vor der geschlossenen Küchentür. Sie schüttelte sich. Immer wieder. Ihr Hinterlauf und ihre Seite schmerzten durch den harten Tritt entsetzlich. Sie legte sich auf ihre Decke, senkte den Kopf auf die Pfoten und schaute ins Leere. Bis das Licht, dass durch die milchigen Glasbausteine fiel, verschwand und es dunkel wurde.

Irgendwann in der Nacht, als Martens Mutter von der Arbeit nach Hause gekommen war, donnerte ein heftiger Streit durch die Wohnung. »Dieses Vieh da draußen hat heute versucht, Rott anzugreifen. Das passiert nicht noch einmal, das sage ich dir!« Frau Dormahr blieb ruhig. Sie gab ihrem Mann keine Antwort. »Hast du mich verstanden?«, brüllte er sie an. »Ja, habe ich. Was denkst du denn zu tun?«, fragte sie ihn vorsichtig. Er überlegte, während er den Hamster beobachtete, der emsig in seinem Rad lief. »Der Köter ist aggressiv. Gemeingefährlich!«, meinte er schleppend, so als wäre ihm das gerade erst eingefallen. Frau Dormahr sah ihren Mann an. Seine Augen waren rot unterlaufen, und sein Kopf fiel haltlos nach vorn. Sie wusste, dass sein Alkoholpegel bereits ausreichte, und ein falsches Wort von ihr hätte ihn dazu veranlasst, die ganze Nacht herumzurandalieren.

»Ich werde diesen Mistköter morgen zum Tierarzt bringen«, sagte er entschlossen. »Aggressive Hunde gehören heutzutage eingeschläfert. Ist schließlich schon genug passiert. Wofür gibt es denn eigentlich diese Hundeverordnungen? Das wird jeder Tierarzt genauso sehen.« Er redete und redete und lamentierte vor sich hin, bis seine Frau schließlich ihren Mut zusammennahm und ihn unterbrach. »Du willst Püppi einschläfern lassen?«, fragte sie entrüstet. »Ganz genau, da hast du gut aufgepasst«, antwortete er zynisch. »Und ich habe mir auch schon einen Plan zusammengestellt.« Er stand von seinem Stuhl auf und warf sich zufrieden auf das Sofa. »Was für einen Plan?«, wollte Frau Dormahr wissen. Ihr Mann griff nach dem Hamster und setzte ihn sich auf die Brust. »Ich werde sagen, dass dieser Hund seit drei Wochen, seitdem er draußen ein Kaninchen gejagt hat, ständig Schaum vor dem Maul hat und nun plötzlich auf alles, was sich in der Wohnung bewegt, losgeht!« Er nahm den verstörten Hamster und hielt ihn seiner Frau entgegen. »Und leider hat er diesem armen Kerlchen auch den Kopf abgebissen!« Er lachte höhnisch und voller Genugtuung, die er bei diesem Gedanken empfand. Seine Frau zog die Stirn zusammen. »Wann hat Püppi denn ein Kaninchen gejagt?«, fragte sie und ihr Mann brauste umgehend lauthals auf. »Wie dumm bist du eigentlich?« Er sprang auf und warf den Hamster wutentbrannt in den Käfig zurück. »Mannomann, begreifst du eigentlich gar nichts? Das werde ich natürlich nur sagen. Damit ich den Verdacht auf Tollwut lenke.« Frau Dormahr hob die Augenbrauen, atmete tief und nickte. Ein Gespräch hatte keinen Sinn mehr. Jedes weitere Wort hätte ihn unkontrollierbar gemacht.

Im gleichen Augenblick steckte Marten den Schlüssel in die Wohnungstür. Hans Dormahr stürzte zur Küchentür und riss sie so derbe auf, dass sie beinahe aus dem Scharnier gefallen wäre.

»Wo kommst du jetzt erst her, mitten in der Nacht. Du bist erst sechzehn. Vergiss das nicht. Ich will nicht, dass du dich solange auf der Straße herumtreibst.« Marten drehte sich um und ging in sein Zimmer. »Hey!«, rief sein Vater hinter ihm her. »Morgen geht's deinem Köter an den Kragen, falls es dich interessiert!«

»Mach, was du willst!«, klang Martens Stimme gleichgültig durch die Wohnung. Dann knallte die Tür zu seinem Zimmer ins Schloss.

***

Püppi saß allein in einem ihr unbekannten Raum. Sie hatte entsetzliche Angst. Sie kauerte ganz still da und wartete. Ein Fremder öffnete die Tür und kam direkt auf sie zu. »Na nu! Wer bist du denn? Saß da nicht vorhin noch ein kleiner Terrier mit einem nicht enden wollenden Anfall von Epilepsie?« Der Fremde hockte sich zu ihr und streichelte ihr über den Kopf. »Warum hast du denn so große Angst vor mir?«, fragte er liebevoll.

Püppi zitterte am ganzen Körper. Sie schaute vor sich auf den Boden und versuchte sich so klein wie möglich zu machen.

»Ich werde mal hören, warum du hier bist und wie wir dir helfen können!«, sagte der Fremde und verließ den Raum.

»Wieso sitzt die Sheltie-Mix-Hündin im OP?«, fragte der Tierarzt seine Assistentin. »Was fehlt ihr?«

»Das ist die Hündin von diesem Hans Dormahr, der heute Vormittag hier war und den Euthanasietermin für morgen gemacht hatte. Vor einer halben Stunde stand er dann plötzlich wieder da und brachte die Hündin gleich mit. Er wollte nicht mehr bis morgen warten. Er meinte, sie sei höchst aggressiv und würde jeden angreifen.«

Der Tierarzt zog ungläubig die Augenbrauen hoch. »Diese Handvoll Hund da draußen? Höchst aggressiv?«, wiederholte er fragend und allein seine Betonung ließ das Ganze bereits lächerlich klingen. Aber die Assistentin nickte und erzählte ihrem Chef die Geschichte, die Hans Dormahr ihr auswendig gelernt vorgetragen hatte.

»Verstehe ich das jetzt richtig?«, versuchte der Tierarzt das Unglaubliche noch einmal zu resümieren. »Dieser Herr Sowieso hat den Verdacht, die Kleine da nebenan habe Tollwut? – Weil sie vor drei Wochen einen Hasen gejagt hat.« Die Assistentin nickte. »Aha! – Und dem Hamster hat sie nun daraufhin gestern den Kopf abgebissen. Hmh. – Vielleicht hätte der Herr sich mal ein bisschen besser informieren sollen. Dann hätte er nämlich bemerken müssen, dass die Inkubationszeit bei Tollwut nicht drei Wochen sondern in den meisten Fällen bis zu drei Monate beträgt.« Kopfschüttelnd winkte er ab. »Die Geschichte ist doch lächerlich!«

Er setzte sich an den Schreibtisch und sah nachdenklich auf das Bild seiner eigenen beiden Hunde, Sandy und Terry. Die beiden waren vor Jahren im Alter von sechs Wochen auf einer Bauschuttdeponie gefunden worden. Er fragte sich, ob es eigentlich einen Unterschied zwischen diesem Dormahr und dem Menschen gibt, der zwei Welpen auf einem abgelegenen Deponiegelände aussetzt. Das Recht, ein Tier zum Tode zu verurteilen, nimmt sich sowohl der eine als auch der andere heraus. Der Tierarzt rieb sich die Schläfen. »Was sind das nur für Menschen? Sie schaffen sich Tiere an, missbrauchen ihre Gefühle solange es ihnen in ihren Kram passt, und wenn sie genug davon haben, schieben sie sie ab. Und irgendwie scheint mir der Weg zum nächsten Tierarzt mittlerweile eine der beliebtesten Varianten dafür zu sein.«

Er stand auf, packte ein paar Akten zusammen, und ging wortlos zurück in den OP.

Püppi hatte sich nicht von der Stelle bewegt. Sie saß noch immer ganz still da und sah vor sich auf den Boden. Der Tierarzt stellte ihr einen Napf mit Wasser hin und kniete sich zu ihr. »Oder möchtest du lieber etwas essen?« Er hielt ihr seine Hand entgegen. Aber Püppi wendete sich ab. »Du bist traurig, nicht wahr?«, fragte er leise. »Das kann ich gut verstehen.« Er streichelte ihr liebevoll über ihren mageren Rücken. Eine ganze Weile hockte er vor der kleinen Hündin und der Gedanke, dass ein Mensch tatsächlich in Lage ist, für ein kleines Leben schlicht und einfach den Tod zu wählen, weil ihm dieses Leben zu umständlich, zu unpassend, zu anstrengend geworden ist, erschien ihm mit jeder Sekunde, die verging, erbärmlicher.

»Weißt du was?«, fragte er plötzlich fest entschlossen. »Ich werde dir Sandy und Terry vorstellen.« Er stand auf, nahm ein Halsband aus der Schublade und legte es Püppi um.

***

Nur zögernd sah Püppi sich in dem großen Haus um. Sie versuchte, die neuen Gerüche aufzunehmen. Sie sog die Luft ein und versuchte zu verstehen, zu erkennen. Aber es gelang ihr nicht. Die Welt um sie herum war ihr fremd. In ihrer Nase war noch immer der Geruch der Angst, der Einsamkeit und der Dunkelheit. Das alles hatte sich über Jahre fest in ihrem Kopf verankert und hielt sie gefangen.

Vorsichtig begann sie die neue Umgebung zu erkunden. Es war überall hell und leise. Da war ein Weg, der durch zwei große Glasschiebetüren direkt vom Wohnzimmer auf eine Wiese führte.
Püppi beobachtete den Sonnenstrahl, der sein Licht sanft in den hohen Tannen brach und den Garten vor der geöffneten Tür in ein mildes Licht hüllte.
»Wollen wir gemeinsam versuchen da hinauszugehen?«, fragte der Tierarzt und nickte ihr ermutigend zu. »Das alles ist jetzt auch dein Zuhause!«
Püppi sah ihn aus ihren großen Augen an. Sie verstand ihn nicht, aber sie sog noch einmal ganz tief seinen Geruch ein. Es dauerte eine Weile, bis sie sich erinnerte.
Aber sie erinnerte sich. Jeden Tag ein bisschen mehr:
An die Liebe, an die Geborgenheit, an das Vertrauen.

Ergänzung

Im Sommer des darauf folgenden Jahres, Püppi war gerade sieben geworden, beobachtete ich sie, wie sie auf einer Gartenbank im Licht der Abendsonne neben ihrem Herrchen lag. Ihren Kopf hatte sie vertrauensvoll auf sein Bein gebettet. Immer wieder blinzelte sie zu ihm auf und drängte sich wohlig seufzend noch ein bisschen enger an ihn.

Nebelmond

Die Abendsonne brütete noch immer heiß über dem mittlerweile menschenleeren Schrottplatz. Der schwere Geruch von Altöl und vergossenem Benzin lag wie ein flimmernder Film in der Luft.

Fussel lag zusammengerollt unter dem Wohnwagen, der seit Jahren am Rande des Kiesplatzes stand. Er war müde vom Tag. Er hatte sich nicht viel bewegt, das erlaubte ihm seine Kette nicht, aber er hatte bis zum späten Nachmittag das Geschehen um sich herum aufmerksam beobachtet. Zwar nur aus dem Abseits, aber er hatte aufgepasst und hin und wieder auch verantwortungsvoll gebellt.

Fussel war vor vielen Jahren als Wachhund von seinem Besitzer hierher gebracht worden. Eine Hütte hatte der Schrotthändler ihm nicht aufgestellt. Der Wohnwagen diente Fussel als Unterschlupf. Nicht, dass er hinein gedurft hätte, aber er hatte die Möglichkeit, sich in den Nächten darunter zu verkriechen. Fussel mochte die Nächte nicht. Er hatte Angst im Dunkeln. Er fürchtete den Mond, wenn er wie eine leuchtende Kugel am Himmel stand und die Finsternis um ihn herum in ein geheimnisvolles Licht tauchte. Und manchmal, wenn ein Gewitter seine Blitze gespenstisch auf die Erde schickte, und der Donner laut in Fussels Ohren wütete, zitterte und bebte sein ganzer Körper.

Das alles wusste sein Besitzer nicht. Er dachte, das Alleinsein würde Fussel nichts ausmachen. Er hatte sich wohl auch nie die Mühe gemacht, über ihn nachzudenken. Er brachte ihm zwar jeden Tag sein Futter und wechselte auch hin und wieder das Wasser in dem Eimer, der neben dem Wohnwagen stand, aber ansonsten empfand er keine Verbundenheit zu seinem Hund. Für ihn gehörte Fussel zum Schrottplatz, genau wie die ausgeschlachteten Autowracks, die Ansammlungen an Ersatzteilen, die Schrottpresse und das sonstige Gerümpel an Altmetall.

Er hatte Fussels Kette am äußersten Ende des Wohnwagens mit einer Eisenverankerung in den Boden gepflockt. Fussel kannte den Radius genau, den die Kette ihm zum Leben ließ. Er wusste, dass ihre Länge nicht ausreichte, um sich hinter den beiden Mittelrädern des Wohnwagens verstecken zu können. Trotzdem versuchte er es immer wieder. Er zog und riss dann jedes Mal mit aller Kraft gegen die Verankerung an, und seine Pfoten arbeiteten und scharrten sich tief in den Kiesboden. Aber es half nichts. Die Kette gab nicht nach. Er erreichte die Räder nicht. Nur ein einziger Meter mehr hätte ihm geholfen. Er hätte ihm den Schutz vor dem Regen ermöglicht, der fast immer von vorn unter den Wohnwagen peitschte und den Kiesboden unter ihm regelmäßig aufweichen ließ. Ein einziger Meter mehr hätte für ihn Schutz vor dem Sturm bedeutet, der hier draußen auf dem freien Feld häufig unter dem Wagen herjagte, und dem er jedes Mal wehrlos ausgeliefert war.

Fussel hörte das Knarren des Hoftores. Er öffnete seine Augen und blinzelte müde unter dem Wohnwagen hervor. Sein Besitzer verließ den Platz. Er zog das Tor hinter sich ins Schloss und wickelte eine Eisenkette um die Metallscharniere.

Fussel sah noch eine Weile hinter seinem Besitzer her. Das machte er jeden Tag so. Schon seit vielen Jahren. Bis er hinter der Mauer zum Parkplatz verschwunden war. Dann schloss Fussel wieder seine Augen und versuchte zu schlafen.

Fussel war noch ein Welpe gewesen, als der Schrotthändler ihn hierher gebracht hatte, in eine ihm damals unbekannte Welt, voller fremder Gerüche und Geräusche. Er hatte ihn an die Kette gelegt, als er zwölf Wochen alt war. Fussel hatte gewinselt, gejammert und gefleht. Tagelang, nächtelang. Aber der Schrottplatz lag weit draußen, außerhalb des Ortes. Niemand hatte sein Klagen vernommen. Und sein Besitzer war der Meinung, ein Hund müsse so früh wie möglich lernen, wohin er gehöre. Er dürfe sich erst gar nicht an etwas anderes gewöhnen.

Aber Fussel war längst an ein anderes Leben gewöhnt gewesen. Er war in Freiheit geboren. Seine Mutter gehörte einem Schäfer. Ohne Pause hütete sie den ganzen Tag die Schafe. Sie hatte überall ihre Augen. Unermüdlich umkreiste sie die Herde und sorgte dafür, dass die Tiere auf den zaunlosen Weiden zusammenblieben. Sie war nie dazu ausgebildet worden. Es lag einfach in ihrer Natur. Und auch Fussel sollte einmal die Herde hüten. Er sollte die Aufgabe der alten Hündin übernehmen. »Er hat das gleiche Talent, wie seine Mutter!«, hatte der Schäfer immer stolz gesagt. »Das Laufen und Hüten liegt ihm im Blut!« Und er hatte ihn als einzigen aus dem Wurf behalten.

Doch die Zeiten waren schlecht, und der Schäfer musste die Herde verkaufen. Die alte Hündin bekam bei ihm ihr wohlverdientes Gnadenbrot. Für Fussel hatte er keine Verwendung mehr.

Es waren viele Wochen und Monate vergangen, bis Fussel das ihm aufgezwungene Leben auf dem Schrottplatz angenommen hatte, bis er verstanden hatte, dass er den Kampf gegen die Kette nicht gewinnen, seinem Schicksal nicht ausweichen konnte.
Und mit den Jahren hatte er sich sogar an seinen eintönigen Tagesablauf gewöhnt. Er hatte vergessen, wie es sich anfühlt, über eine Wiese zu laufen, Blätter zu jagen, an einem Stock zu kauen oder im Sommer einfach nur im kühlen Gras zu liegen.

Er hatte vergessen, dass die Welt größer ist, als zwei Meter im Radius.

Fussel verbrachte seine Zeit damit, zu warten, zu dösen, zu beobachten. Sein Leben bestand aus einem schmalen grauen Sichtfeld, das sich auf den vorderen Teil des Kiesplatzes beschränkte und aus dem ohrenbetäubenden Lärm der Schrottpresse, der tagein, tagaus in seinem Kopf wütete. Seine einzige Abwechslung waren die Arbeiter. Er kannte sie alle. Sie kamen jeden Tag in der Früh um sieben. Sie brachten ihre Taschen in den Wohnwagen und gingen an ihre Arbeit. Vor langer Zeit einmal war einer unter ihnen gewesen, der Fussel allmorgendlich angesprochen hatte. Er hatte ihn dabei zunächst nicht angesehen, aber er hatte jeden Morgen im Vorbeigehen gefragt: »Na Fussel, ausgeschlafen?« Und Fussel hatte dann so kräftig gewedelt, dass sich sein ganzer Körper vor lauter Glückseligkeit hin und herbewegte. Das war dem Arbeiter aufgefallen. Mitleidig hatte er ihn daraufhin gestreichelt, und später war er sogar ab und zu an den Wochenenden zum Schrottplatz gekommen. Nur wegen Fussel. Weil er sonst zwei Tage lang keinen einzigen Menschen gesehen hätte. Er brachte dann jedes Mal eine Leine mit und ging mit ihm ein Stück die Straße entlang. Manchmal liefen sie auch gemeinsam bis zum Wald hinauf, weit ab der Hauptstraße. Fussel war dann durch die vielen neuen Gerüche und Eindrücke immer ganz aufgeregt gewesen.

Irgendwann kam der Arbeiter nicht mehr. Der Schrotthändler hatte ihn entlassen.

Und Fussel blieb nur die Erinnerung an ihn.

***

»Da hinten, sieh mal, da ist er, unter dem Wohnwagen!«
Fussel lauschte. Er war sich nicht sicher, ob er wirklich etwas gehört hatte.

»Wo? Ich kann ihn nicht sehen!«, antwortete eine andere Stimme.

Fussel öffnete müde seine Augen und schob seine Nase neugierig nach vorn. Zwei Fremde standen hinter dem Zaun, gleich neben dem Tor. Sie sahen zu ihm herüber. Fussel wunderte sich. Er konnte sich nicht erinnern, dass am späten Abend jemals fremde Leute hergekommen waren. Er war sich nicht sicher, ob er bellen sollte. Es wäre seine Aufgabe gewesen. Aber er war ihr noch nie gern nachgekommen. Er wollte kein Wachhund sein, und er hatte die Regeln des Wachens auch nie wirklich verstanden. Auf dem Schrottplatz herrschte den ganzen Tag über rege Betriebsamkeit. Ständig gingen fremde Leute ein und aus. Warum sollte er also jetzt bellen? Nur weil am Abend das Tor geschlossen war? Fussel sah darin keinen Sinn. Er kroch schläfrig unter dem Wohnwagen hervor und beobachtete die Fremden.

»Da! Da ist er! Siehst du ihn jetzt?«, rief die Frau dem Mann aufgeregt zu. »Ja, ich sehe ihn!«, sagte er leise und starrte fassungslos zum Wohnwagen. »Das darf ja wohl nicht wahr sein! Dieser arme Hund! Schau dir mal sein Fell an. Der ist ja völlig verfilzt.« Die Frau nickte. »Der Arbeiter, der ihn hin und wieder ausgeführt hat, meinte, er läge schon seit ungefähr zehn Jahren an dieser Kette. Angeblich soll er nachts und an den Wochenenden frei auf dem Gelände herumlaufen dürfen.« Der Mann sah seine Frau ungläubig an. »Es ist gleich Nacht. Glaubst du wirklich, dass sein Besitzer heute Abend noch einmal hierher kommt, um dem armen Kerl über Nacht die Kette abzunehmen? Niemals! Der sitzt doch längst vor dem Fernseher und verschwendet keinen Gedanken mehr an seinen Hund.« Der Mann hockte sich vor den Zaun. »Hey, sieh mal!«, rief er Fussel entgegen. »Sieh mal, was ich hier habe!« Er streckte seinen Arm durch das Metallgeflecht und hielt ihm seine Hand entgegen.

Fussel war irritiert. Er verstand nicht, was der Mann von ihm wollte. Er hob seinen Kopf und schnupperte.

»Pass auf, mein Guter«, sagte der Mann leise, »ich werfe es dir zu.« Er holte aus und warf ein Stück gekochtes Fleisch direkt neben Fussel auf den Kies. Fussel nahm das Fleisch nicht. Er beobachtete nur die beiden fremden Menschen hinter dem Zaun.

»Was denkst du?«, fragte die Frau, »ob wir versuchen sollten, über den Zaun zu klettern, um ihn zu befreien?«

Der Mann schüttelte den Kopf. »Und was dann? Wohin willst du ihn bringen? Er kennt doch nur dieses Leben, und einen gestohlenen Hund kannst du nicht ins Tierheim bringen!«

Die Frau nickte verzweifelt.

»Komm, lass uns gehen!«, sagte der Mann und legte tröstend seinen Arm um ihre Schulter. »Wir werden einen Weg finden, ihm zu helfen.«

***

»Stell mal das Ding aus!«, schrie der Schrotthändler aufgebracht über den Platz.

Fussel zuckte zusammen. Sofort verkroch er sich unter dem Wohnwagen.

»Irgendeiner will uns hier an die Karre fahren!« Wütend trat er vor einen Blecheimer, der scheppernd unter den Wohnwagen rollte.

»Niemand will Ihnen an die Karre fahren!«, widersprach die Frau ruhig und freundlich, während das Getöse der Schrottpresse verstummte.

»Und was wollen Sie dann von mir?«, wütete der Schrotthändler sie in einem ungehobelten Ton an. »Der Hund lebt seit Jahren hier. Der hat doch alles, was er braucht. Oder sieht der etwa schlecht genährt aus? Und da wir gerade beim Thema Ernährung sind«, wetterte er laut und unbeherrscht weiter, »ich warne Sie, sollten Sie ihm in Zukunft weiterhin abends etwas über den Zaun werfen, zeige ich Sie an. Der Hund soll den Platz bewachen. Durch so einen Schwachsinn kommt es noch soweit, dass er sich demnächst über nächtliche Einbrecher freut.« Wie ein Wasserfall brach seine Erregung aus ihm heraus. Aber das Ehepaar blieb ruhig. Sie ließen sich durch das unbeherrschte Verhalten ihres Gegenübers nicht aus der Fassung bringen.

»Es ist nicht nötig, so laut zu schreien«, meinte der Mann, »wir sind zwar nicht mehr die Jüngsten, aber weder meine Frau noch ich sind schwerhörig.« Er sah den Schrotthändler einen Augenblick lang aus schmalen Augen an. Dann sagte er abgeklärt: »Wir werden nicht lange mit Ihnen streiten. Die Tatsachen liegen auf der Hand. Dieser Hund hat nicht alles, was er braucht. Ob Sie das nun behaupten oder nicht. Sie müssen seine Lebensbedingungen verändern. Und zwar soweit, dass er seiner Art entsprechend leben kann.«

Der Schrotthändler brauste erneut auf: »Ich muss was? Seine Lebensbedingungen ändern? So ein Schwachsinn. Zehn Jahre lang lebt der Hund jetzt hier, und kein Mensch ist bisher auf die Idee gekommen, mir so einen Blödsinn zu erzählen. Sie können mich mal!« Er drehte sich um und ließ die beiden stehen. Aber die Frau ging ihm selbstsicher nach. »So einfach ist das nicht«, sagte sie, »ich weiß zwar nicht, ob Sie davon schon mal etwas gehört haben, aber es gibt eine Verordnung, die die Anforderungen zum Halten eines Hundes im Freien eindeutig definiert, und gegen die Sie hier gänzlich verstoßen.«

Die Augen des Schrotthändlers funkelten ihr wutentbrannt entgegen. An seinen Wangen zog eine purpurfarbene Röte auf, und wie von einer Tarantel gestochen, krakeelte er plötzlich wieder los. »Ich hör ja wohl nicht richtig. Was glauben Sie eigentlich, wer Sie sind? Wollen Sie mir jetzt auch noch erzählen, ich mache mich strafbar, weil ich einen Wachhund halte, der mir die Einbrecher vom Hals halten soll?«

Das Ehepaar stand da und nickte. »Sie verstoßen gegen eine Verordnung!«, sagte der Mann, »Sie haben das ganz richtig erkannt. Abgesehen davon, dass Sie verpflichtet sind, ihrem Hund genügend Auslauf und soziale Kontakte zu ermöglichen, handeln Sie schon deswegen ordnungswidrig, weil Sie in all den Jahren offensichtlich nicht dazu gekommen sind, diesem armen Hund eine Schutzhütte aufzustellen. Auch das ist Vorschrift. Und die Kettenhaltung in dieser Form ist ohnehin ganz und gar verboten. Darüber müssen wir überhaupt nicht diskutieren.«

Die Erklärungen schienen den Schrotthändler in keiner Weise zu beeindrucken. Kommentarlos wendete er sich ab, ging zum Tor und forderte das Ehepaar mit einer eindeutigen Handbewegung auf, sein Grundstück zu verlassen.

»Wir gehen«, rief die Frau dem Schrotthändler zu, während sie bereits auf dem Parkplatz stand, »aber wir werden schon morgen wiederkommen. Und wir werden nicht allein kommen. Sie können es sich bis dahin überlegen, was für Sie einfacher ist. Dem Hund die Kette abzunehmen und ihm eine Schutzhütte aufzustellen oder sich mit den Beamten der Polizei zu unterhalten!«

***

Der Schrotthändler hatte Fussel die Kette abgenommen und ihm eine Holzhütte aufgestellt. Nur widerwillig war er auf die Forderungen des Ehepaares eingegangen. Aber er hatte offensichtlich für sich feststellen müssen, dass dies für ihn das kleinere Übel war, als sich mit den Behörden auseinander setzen zu müssen.

Das Gelände des Schrottplatzes war groß. Es hatte eine Weile gedauert, bis Fussel verstanden hatte, was Freiheit bedeutet.

Weit abseits der aufgetürmten Autowracks hatte er eine kleine Wiese mit wild wachsenden Blumen entdeckt. Sie lag versteckt hinter spärlichen Tannen, deren Spitzen keine einzige Nadel mehr trugen. Er streckte seine Nase und schnüffelte. Der Duft einer Wiese war ihm fremd. Er kannte nur den öligen Gestank, der sich täglich um den Wohnwagen herum ausbreitete und ihm die Luft zum Atmen nahm.

Es war ruhig um ihn herum. Nichts dröhnte und donnerte in seinem Kopf. Er konnte den Wind hören, der sanft durch die vertrockneten, kargen Tannenspitzen strich.

Langsam lief Fussel über das kühle Gras. Er genoss das neue aufregende Gefühl unter seinen Pfoten. Er bummelte hin und her, spazierte auf und ab. Eine ganze Weile ging das so. Bis er ganz plötzlich einen unbekannten merkwürdigen Wunsch in seinem Herzen spürte. Er wollte laufen, schneller werden, losrennen, alles hinter sich lassen: Den Zwang der Kette, die ihn sein Leben lang bewegungsunfähig gemacht hatte, die erdrückende Trostlosigkeit, die er all die Jahre im Schatten des Wohnwagens ertragen musste, die Langeweile, die endlose Isolierung, die Eintönigkeit. Er wollte alles hinter sich lassen, eins nach dem anderen.

Fussel rannte los. Er rannte so schnell er konnte. Nie wieder wollte er stehen bleiben müssen, nie wieder dieses wundervolle Gefühl von Freiheit verlieren. Er spürte jeden Muskel seines Körpers. Er lief und lief. Weite, ausgedehnte Runden. Und in seinem Gesicht lag die Glückseligkeit der ganzen Welt.

Erst als seine Beine ihn nicht mehr tragen wollten, ließ er sich erschöpft in das weiche, kühle Gras fallen. Zufrieden schloss er die Augen und streckte seine Nase zum Himmel. Er hatte die Sonne noch nie so angenehm empfunden. Sie hatte ihn immer gestört, wenn sie heiß auf den ohnehin schon glühenden Kiesboden brannte und er den ganzen Tag gezwungen war, unter dem Wohnwagen zu bleiben. Jetzt empfand er ihre wärmenden Strahlen wohltuend und mild. Er genoss das streichelnde Gefühl auf seinem Fell. Voller Wohlbehagen wälzte er sich im Gras. Er beobachtete die Vögel, die über ihm ihre Kreise zogen, er sah den Blättern hinterher, die der Wind über die Wiese trug, er lauschte, horchte und staunte, und er bewunderte eine Welt, an die er sich nicht mehr erinnern konnte.

Eine Welt, die man ihm genommen hatte, als er zwölf Wochen alt war. Und um die man ihn auf grausame Weise zehn Jahre lang betrogen hatte.

***

»Was ist mit dem Hund?«, fragte der Schrotthändler eines Morgens einen Mann, den Fussel nicht kannte, der aber schon oft in der letzten Zeit über den Platz gelaufen war. »Übernehmen Sie den auch?«

Der Fremde schüttelte energisch den Kopf und lachte spöttisch. »Nee, bestimmt nicht! Der ist doch uralt. Was soll ich mit dem denn noch anfangen?«

Der Schrotthändler zog gleichgültig die Schultern hoch. »Egal, dann kommt er weg! Daran soll's nicht scheitern. Der Preis für die Maschinen ist mir wichtiger.«

Die beiden Männer diskutierten und verhandelten stundenlang. Sie redeten laut aufeinander ein, bis sie am frühen Nachmittag wild gestikulierend aus dem Wohnwagen stürzten.

»Das haben Sie sich ja gut ausgedacht!«, schrie der Schrotthändler. »Ich werde den ganzen Platz leer räumen. Ich lasse mich doch nicht über den Tisch ziehen!« Wutentbrannt sprang er in seinen Wagen und fuhr mit quietschenden Reifen davon.

Fussel hatte längst bemerkt, dass sich in den letzten Monaten irgendetwas auf dem Platz verändert hatte. Es war ruhiger geworden. Die Schrottpresse stand fast immer still, und von den Arbeitern kam schon eine ganze Weile niemand mehr her. Selbst sein Besitzer ließ sich nur noch selten sehen. Fussel störte das nicht. Er verbrachte die Tage abseits der alten Autowracks auf der grünen Wiese. Er spielte dort mit sich selbst, trug Steine hin und her, buddelte tiefe Löcher in den sandigen Boden, sonnte sich, döste und wartete auf die Abende, an denen das Ehepaar noch immer regelmäßig vorbeikam kam, um ihn zu streicheln, zu füttern, zu umsorgen.

Sie kamen mittlerweile seit fünf Jahren und gehörten fest zu Fussels Alltag.

Eine gute Woche nachdem der Schrotthändler wutschnaubend den Platz verlassen hatte, erwachte Fussel mitten in der Nacht von seinem hektischen und lauten Geschrei. »Hier entlang! – Weiter durch fahren! – Rechts rüber! – Ja! Halt! – Stopp!« Unruhig lief er auf dem Platz hin und her und ruderte mit seinen Armen in der Luft herum. Lkws mit offenen Ladeflächen und aufwendigen Hebevorrichtungen fuhren durch die schmale Zufahrt auf den Platz. Die Motoren hallten laut und die Reifen drehten sich hilflos im weichen Kiesboden. Ein unerträglicher Gestank von Dieselabgasen lag umgehend in der Luft.

Fussel lugte vorsichtig aus seiner Hütte.

Ein Bagger riss den Zaun zum Parkplatz ein, und riesige Kranfahrzeuge transportierten die schweren Maschinen vom Gelände. Der Schrotthändler ereiferte sich und tobte herum. Seine Stimme klang nervös und gereizt. »Was ist? – Wollt ihr hier Wurzeln schlagen? – Vielleicht geht das auch ein bisschen schneller?« Die Fahrer wurden wütend und schrieen zurück. »Sei froh, dass wir hierbei überhaupt mitmachen!«, brüllte einer aus dem Seitenfenster. »Eins sage ich dir«, schimpfte ein anderer, »wenn das hier raus kommt, übernimmst du die Verantwortung für diese Nacht-und-Nebel-Aktion!« Der Schrotthändler winkte mit hochrotem Gesicht ab. »Konzentriert euch auf eure Arbeit, der Rest geht euch nichts an!«

Fussel war noch sehr müde. Die Sonne war noch nicht aufgegangen, und es war wieder eine dieser furchterregenden, geheimnisvollen Nächte, in denen der Mond rätselhaft in die Dunkelheit leuchtete und dichte, graue Nebelschwaden bleiern in der Luft lagen. Fussel kroch in die hinterste Ecke seiner Hütte, um sich noch ein Weilchen vor der Finsternis zu verstecken.

Plötzlich schaukelte der Boden unter ihm. »Na los, raus hier!«, schimpfte sein Besitzer und rüttelte und schob an der Hütte. Fussel verlor den Halt. Er rutschte nach vorn zur Öffnung. Sofort packte sein Besitzer ihn am Halsband und zog ihn heraus. Ohne ein Wort zerrte er ihn über den Kiesplatz. Fussel verstand nicht, was geschah. Der Schrotthändler öffnete den Kofferraum seines Wagens und griff nach ihm. Er zog ihn hoch, eine Hand am Halsband, die andere im Rückenfell. Fussel fühlte einen reißenden Schmerz, aber er gab keinen Laut von sich.

Der Schrotthändler stieß Fussel hinein und schlug den Deckel zu.

Fussel blieb ganz ruhig. Er wartete.

Und er ahnte nicht, dass der Nebelmond in dieser Nacht sein Freund geworden war.

***

Die Abendsonne stand bereits tief hinter dem Gebäude, und der frische Wind ließ die Luft kühler erscheinen als sie war. Fussel stand erschöpft und zitternd vor einem großen Haus. Vorsichtig hob er die Nase und suchte nach einem bekannten Geruch.
Zwei fremde Menschen standen neben ihm. Sie sprachen miteinander. »Sieh dir mal diesen wund gescheuerten Hals an«, sagte der ältere von beiden. »Das Halsband sieht aus, als hätte es mindestens ein Jahrzehnt auf dem Buckel. Dieser arme Kerl hat wahrscheinlich zeit seines Lebens nur draußen in Wind und Wetter gelebt!« Der jüngere nickte und hockte sich zu Fussel. »Wenn du uns nur erzählen könntest, wo du herkommst!« Er streichelte ihn liebevoll und wendete sich wieder dem älteren zu: »Allein kann er nicht in diese abgelegene Hinterhofstraße gekommen sein!« Dann nahm er Fussel am Halsband und führte ihn langsam in das Gebäude. Sie gingen einen langen, schmalen Gang entlang. Am Ende des Flurs öffnete der junge Pfleger eine Tür, die auf einen Hof führte. Fussel erschrak. Unzählige Hunde

bellten ihm lauthals entgegen. Sie sprangen aufgeregt an den Gittertüren ihrer Boxen hoch. Der junge Pfleger lief mit Fussel an den Zwingern vorbei. Erst im hinteren Teil des Hofes öffnete er die Gittertür eines leeren Zwingers. Er ging gemeinsam mit Fussel hinein. Er schloss die Tür hinter sich und nahm ihm das harte Lederhalsband ab. »Hier bei uns wirst du jetzt erst einmal zur Ruhe kommen«, sagte er und streichelte ihm zärtlich über seinen Rücken. Er zog eine Pappkarte und einen Stift aus seiner Jackentasche und setzte sich auf die gemauerte Bank, die im hinteren Teil des Zwingers als Liegefläche für die Hunde eingebaut war. »So, alter Junge, jetzt wäre es gut, wenn du mir deinen Namen und dein Alter verraten könntest, und was du so erlebt hast, und was du kennst oder auch nicht kennst!« Fussel sah den Tierpfleger traurig an.

Sein Besitzer hatte ihn mitten in der Nacht, irgendwo in einer fremden Gegend, auf die Straße gesetzt und war eilig davon gefahren war. Fussel hatte noch lange hinter ihm hergesehen, so wie er das immer gemacht hatte. Er hatte gewartet - darauf, dass er zurückkam. Er hatte die Straße nicht verlassen. Er war hin und her gelaufen zwischen Werkstätten aus Wellblechwänden, eingezäunten Autohöfen und hoch ummauerten Grundstücken, auf denen verlassene, baufällige Bürogebäude standen. Tagelang war er ziellos in dieser unbelebten Straße umhergeirrt - bis die beiden Pfleger kamen und ihn hierher brachten.

»Ist ja gut, alter Knabe! Ich weiß ja, dass du mir nichts von all dem erzählen kannst!« Der Tierpfleger nickte ihm liebevoll zu. »Ich werde schon einen Namen für dich finden. Lass mich mal nachdenken…! Mmh – Ja, genau, der passt zu dir! – Wir nennen dich Schneider. Was hältst du davon?« Der Tierpfleger lächelte und trug Fussels neuen Namen in das dafür vorgesehene Feld auf der Pappkarte ein. Dann schätzte er Fussels Alter auf circa dreizehn bis fünfzehn Jahre, setzte den Hinweis »Fundtier, keine Angaben zur Herkunft« dazu und schob die Karte in die dafür vorgesehene Halterung an der Gittertür.

***

»Guten Morgen, Schneider? – Wie wär's mit Frühstück! Für dich gibt es heute eine doppelte Portion. Du musst ein bisschen zunehmen.« Fussel lag auf der Decke und hatte den Kopf auf seine Pfoten gesenkt. »Was ist? Hast du keinen Hunger?«

Der Pfleger stellte den Futtersack ab und setzte sich zu ihm. »Na, alter Knabe, wie war die erste Nacht hier bei uns?« Fussel sah ihn müde an. Er konnte ihm nicht erzählen, dass er bis zum frühen Morgen nur dagelegen und leise vor sich hin geweint hatte. Er konnte ihm nicht sagen, dass er seine Welt vermisste, dass ihm das Ehepaar fehlte und die Wiese und sogar der Wohnwagen, unter dem er sich jetzt gern zurückgezogen hätte.

»Na komm, Schneider! Erheb deine alten Knochen!« Mitleidig betrachtete der Pfleger den ausgemergelten Körper des alten Hundes. »Du musst etwas essen! Du bist so mager.« Er strich dem alten Hund sanft über seinen Rücken. »Weißt du, was ich mir wünsche, Schneider?« Fussel sah den Pfleger aufmerksam an. »Dass so ein Halunke, der es fertig bringt, einen alten Knaben wie dich einfach auf die Straße zu setzen, nicht ungeschoren davon kommt. Der Kerl müsste seine gerechte Strafe bekommen!«

Fussel verstand die Worte nicht, aber er mochte die Zuwendung. Ganz leicht klopfte sein Schwanz auf den Boden.

Der Pfleger lächelte: »Schön, dass du mir Recht gibst, Schneider. Dann sind wir uns ja einig.« Er klopfte ihm liebevoll auf die Schulter. »Aber jetzt muss ich trotzdem weiter, mein Freund! Mir fehlt einfach die Zeit zum Plaudern. Deine Kollegen haben auch Hunger!«

Er stand auf und verließ den Zwinger. Mit einem kurzen »Bis nachher, Schneider!« ließ er Fussel wieder allein.

***

Fussel stand auf einer kleinen umzäunten Wiese. »Na Schneider, was meinst du? Gefällt es dir hier?« Fussel sah sich unsicher um. Aber der Pfleger nickte ihm aufmunternd zu: »Genieß die Sonne, alter Knabe. In zwei, drei Stunden hol' ich dich wieder hinein.« Er schloss das Tor hinter sich und ging zurück in das Gebäude. Fussel begutachtete die fremde Umgebung. Die Wiese war bei weitem nicht so groß wie seine Wiese hinter dem Schrottplatz. Das Gras war nicht so lang, und es gab keine Blumen und keine Hügel, auf die er hätte klettern können. Überall waren Zäune. Rechts und links von ihm waren andere Hunde ebenfalls auf eingezäunten, kleinen Wiesen. Sie spielten oder rauften miteinander. Sie rannten um die Wette oder lagen einfach nur ausgestreckt in der Sonne und faulenzten.

Fussel gefiel es im Freiauslauf. Er fühlte sich wohl. Er war nicht allein, und es gab viel zu sehen und zu beobachten. Ab und zu liefen fremde Menschen am Zaun entlang. Nur wenige blieben stehen und sprachen ihn an. Die meisten gingen an seinem Auslauf vorbei, ohne ihn zu beachten. Fussel war das egal. Auf dem Schrottplatz wurde er nie von den Besuchern beachtet. Er kannte es nicht anders. Ihm gefiel der Nachmittag, so wie er war.

Am Abend, als der Pfleger kam, um ihn zurück in seinen Innenzwinger zu bringen, war Fussel von den vielen neuen Eindrücken müde und hungrig geworden. Er lief unaufgefordert an der Seite des Pflegers über den Hof zurück in das Gebäude. Er fraß seinen Napf leer, legte sich zufrieden auf seine Decke und schlief ganz fest ein.

Der Pfleger lächelte. Und zog leise die Gittertür hinter sich zu.

***

Die Wochen vergingen und Fussel gewöhnte sich an den Tierheimalltag. Er mochte die Pfleger und er genoss ihre liebevolle Betreuung. Sie alle hatten ihn schon nach kurzer Zeit in ihr Herz geschlossen und nannten ihn wegen seines hohen Alters und seiner gemächlichen, ruhigen und anhänglichen Art nur noch »Opi Schneider«. Und jeder, der ihn kannte, hoffte inständig, dass er in absehbarer Zeit ein Zuhause finden würde, in dem er in Liebe und Fürsorge seinen restlichen Lebensabend verbringen dürfte.

Doch die wenigsten Besucher des Tierheims interessierten sich für ihn.

Ein kleines Mädchen war einmal vor seinem Auslauf stehen geblieben. Sie mochte ihn, und Opi wedelte und leckte zärtlich ihre kleine Hand. Aber ihre Eltern waren der Meinung, dass es sich nicht mehr lohnen würde, sich an diesen Hund zu gewöhnen. »Der ist zu alt«, sagte der Vater, »wir suchen uns einen jungen Hund, mit dem du spielen kannst!« Das kleine Mädchen wollte sich aber für keinen anderen Hund mehr begeistern lassen und lief immer wieder zu Opi Schneiders Auslauf zurück. Der Pfleger hatte dem Vater daraufhin von Opi Schneiders unvergleichlich lieben, ruhigen und unproblematischen Wesen erzählt und ihm erklärt, dass ein alter Hund durchaus seine Vorteile habe. »Es gehört nicht viel dazu, einem alten Hund einen schönen Lebensabend zu verschaffen«, hatte er gesagt, während das kleine Mädchen sich fest an den Zaun klammerte, hinter dem Opi Schneider aufmerksam wartete. »Er braucht ein warmes Plätzchen zum Schlafen und ein bisschen menschliche Wärme. Und wenn Sie ihrer Tochter vom ersten Tag an erklären, dass Sie Opis Zeit nicht zurückdrehen können, wird sie es auch verstehen, wenn er nur noch ein oder zwei Jahre bei ihr sein kann. Und glauben Sie mir, man kann einen alten Hund leichter gehen lassen. Erst recht, wenn man den Trost hat, ihm die letzten Jahre seines Lebens so schön wie möglich gemacht zu haben.« Der Vater sah Opi Schneider musternd an. Wie ein Gutachter stand er vor ihm und betrachtete ihn von oben herab. Dann rümpfte er die Nase, schüttelte den Kopf und wendete sich seiner Frau zu, die bereits dabei war, die kleinen, festgeklammerten Hände ihrer Tochter vom Zaun zu lösen.

Ein paar Wochen später stand eine junge Frau vor Opi Schneiders Auslauf. Sie winkte einen Pfleger heran. »Ist der stubenrein?«, wollte sie wissen. Der Pfleger sah sie argwöhnisch an. Weder die Frage noch die Frau waren ihm sympathisch, aber er bemühte sich, freundlich zu sein. »Es tut mir leid«, antwortete er, »Opi ist ein Fundtier. Wir wissen nicht, ob er jemals in einer Wohnung gelebt hat. Aber die meisten Hundesenioren sind von Anfang an stubenrein, ganz gleich ob es ihnen jemand beigebracht hat oder nicht.« Die Frau nickte. »Und was soll der noch kosten?« Der Pfleger schluckte und rieb sich unwillkürlich die Stirn. »Ja, also –, an sich wären wir schon froh, wenn unser Opi einen vernünftigen Menschen finden würde, bei dem er in Ruhe sein Gnadenbrot bekommen könnte. In dem Fall würden wir ihn als Pflegefall selbstverständlich kostenlos abgegeben.« Die Frau sah wieder zu Opi. »Komm mal her!«, rief sie kühl und ohne Betonung und fixierte ihn mit einem starren Blick. Opi Schneider reagierte nicht. Er hörte nicht mehr so gut, und er hatte gar nicht mitbekommen, dass er gemeint war. Die Frau fuhr den Pfleger entrüstet an. »Was ist? Hört der denn nicht, wenn man ihn ruft?«

Der Tierpfleger war an Besucher unterschiedlichster Art gewöhnt. Ihre Fragen zu beantworten, war ein Teil seines Arbeitsalltags, und er hatte es sich zur Aufgabe gemacht, jede Frage ehrlich, sorgfältig und verantwortungsbewusst zu beantworten. Er atmete einmal tief durch und bemühte sich, auch dieser Frau erklärend zur Seite zu stehen.

»Ja, wissen Sie«, begann er zögerlich, »unser Opi ist schon sehr alt. Es kann sein, dass er die Bedeutung der Worte, die Sie gebraucht haben, nie erlernt hat. Mit einem jungen Hund kann man noch gemeinsam eine Sprache finden. Bei einem alten Hund muss man sich da schon ein bisschen auf seinen Dialekt einstellen. Es ist einfacher, mit einem alten Hund durch kleine Gesten zu kommunizieren, sich hinzuhocken zum Beispiel oder sich auf den Oberschenkel zu klopfen. Das verstehen sie fast alle ...«

Die Frau zog die Augenbrauen hoch und winkte ab. »Das ist mir alles zu kompliziert. Lassen Sie's gut sein. Ist nicht das Richtige für mich.« Sie drehte sich um und ging zum Ausgang.

So verblasste die Hoffnung allmählich, ein gutes Zuhause für Opi Schneider zu finden.

»Er hätte es weiß Gott verdient, sein restliches Leben in Liebe und Geborgenheit verbringen zu dürfen«, sagte der Tierheimleiter eines Morgens während einer Dienstbesprechung. »Auch wenn er sich bei uns pudelwohl fühlt. Ein Zuhause können wir ihm einfach nicht ersetzen. Was ist, wenn er krank wird? Wir haben nicht die Zeit, um uns ....« Er unterbrach sich selbst und sah seine Mitarbeiter ratlos an. »Ja, ich weiß, das alles wisst ihr auch ohne mich«, meinte er entmutigt. »Worauf ich auch eigentlich hinaus wollte: Vielleicht wäre es ratsam, ein Foto von ihm zu machen und es mit einer Kurzbeschreibung auf die Vermittlungsseite ins Internet setzen. Was meint ihr? Ein Versuch wäre es doch wert.«

***

Es war Anfang September, als ein älteres Ehepaar ins Tierheim kam und aufgeregt an die noch geschlossene Bürotür klopfte. »Entschuldigung! Ist da jemand?«, rief die Frau und drückte ein zweites Mal die Türklinke herunter.

»Guten Morgen, kann ich Ihnen behilflich sein?«, fragte der Tierheimleiter, der in diesem Moment das Gebäude betrat. »Sie sind sehr früh gekommen. Wir haben noch keine Besuchszeit!«

Das Ehepaar nickte. »Ja, das wissen wir, aber wir müssen Sie unbedingt sprechen. Sie sind doch hier der Tierheimleiter, nicht wahr?«, überschlug sich der Mann ruhelos, während seine Frau nervös ihre Handtasche öffnete. »Wir kommen wegen eines Hundes, den Sie im Internet vorgestellt haben«, sagte sie und kramte fieberhaft in der Tasche. »Einen Moment bitte, ich habe sein Foto ausgedruckt, ich muss es hier irgendwo haben!« Hektisch suchte sie nach dem Bild.

»Wie heißt der Hund denn, für den Sie sich interessieren?«, wollte der Tierheimleiter wissen. »Wenn Sie mir den Namen sagen, brauche ich das Foto vermutlich gar nicht!«

Die Frau nickte ihrem Mann auffordernd zu. »Ja, also hier bei Ihnen heißt er Schneider«, erklärte er rasch. »Aber das ist nicht sein Name. Er heißt Fussel!«

Der Tierheimleiter sah die beiden verwirrt an. »Sie kennen unseren Opi Schneider? – Sind Sie etwa die Besitzer des Hundes?«

Die beiden schüttelten umgehend den Kopf. »Nein, nein. Das sind wir nicht. Aber wir kennen Fussel schon seit vielen Jahren. Und gestern Abend, als wir ihn auf Ihrer Internetseite entdeckten, also, was soll ich sagen …? Sie können sich nicht vorstellen, wie glücklich wir waren.«

Der Tierheimleiter schloss sein Büro auf und bat das Ehepaar hinein. Die Frau hatte inzwischen das Foto gefunden und es auf den Schreibtisch gelegt. »Das ist Fussel!«, sagte sie. »Wir haben ihn regelmäßig auf dem Schrottplatz besucht. Fast jeden Abend sind wir zu ihm gefahren. Und plötzlich, eines Abends, war er nicht mehr da gewesen.«

Der Tierheimleiter nickte. Aber so ganz konnte er der Geschichte noch nicht folgen. »Dieser Hund war also auf einem

Schrottplatz zu Hause?«, fragte er noch einmal nach, um ganz sicher zu gehen, alles richtig verstanden zu haben.

»Ja!«, sagte der Mann. »Er lag dort zehn Jahre an einer Kette. Ein ehemaliger Arbeiter des Schrottplatzes hatte uns von ihm erzählt. Wir haben uns daraufhin sofort um den Hund gekümmert. Und wir haben den Besitzer davon überzeugen können, Fussel auf dem Gelände frei laufen zu lassen.«

Der Tierheimleiter sah den Mann prüfend an. Es waren wohl seine Erfahrungswerte, die ihn immer wieder an der Glaubwürdigkeit der Menschen und ihrer Geschichten zweifeln ließen. Er hatte oft genug erlebt, dass dieselben Menschen, die es fertig gebracht hatten, ihren Hund auszusetzen, ein paar Monate später ins Tierheim kamen, um ihn unter den fadenscheinigsten Erzählungen wieder mit nach Hause zu nehmen.

»Sie sagten, Sie kennen den Besitzer! Warum haben Sie den Mann nicht ganz einfach nach Schneiders Verbleib gefragt?«, hakte der Tierheimleiter noch einmal misstrauisch nach.

Der Mann spürte den Argwohn des Tierheimleiters. »Sie können uns glauben, was wir Ihnen erzählen«, sagte er. »Wir kamen eines Abends zu dem Schrottplatz und trauten unseren Augen nicht. Der ganze Platz war leer geräumt. Nichts war mehr da. Und auch Fussel war verschwunden. Natürlich hätten wir den Schrotthändler nach Fussels Verbleib gefragt, aber wir haben auch ihn nie wieder gesehen, obwohl wir ihm regelrecht aufgelauert hatten. Aber der Kerl hat sich nie wieder in der Gegend blicken lassen.« Er sah seine Frau an und bat sie weiterzuerzählen. »Wir waren mittlerweile davon ausgegangen, Fussel sei tot«, sagte sie leise. »Er hatte ja schon ein stolzes Alter gehabt und …«, sie zögerte und sah traurig auf das Foto, »na ja, immerhin haben wir ihn fast fünf Jahre lang da draußen besucht, und gestern Abend dann, als wir sein Bild im Internet sahen, haben wir beide da gesessen und geweint. Vor Freude, dass er lebt, und dass er es jetzt hier im Tierheim noch einmal besser haben wird.« Sie wischte sich mit einem Taschentuch die Augen.

»Als wir Schneider im Juni bei uns aufgenommen haben«, sagte der Tierheimleiter, nachdem er sich für sein Misstrauen entschuldigt hatte, »war er in einem sehr üblen Zustand. Wir haben ihn in einer Hinterhofstraße aufgelesen. Er ist sehr wahrscheinlich dort ausgesetzt worden. Zeugen haben ausgesagt, dass er tagelang in dieser kleinen Straße umhergeirrt sei, sie aber nicht verlassen hatte. Er war völlig verwahrlost. Sein Fell war verfilzt und so voller Knoten, dass er kaum noch laufen konnte. Wir haben ihn komplett scheren müssen. Danach kam dann die ganze Wahrheit ans Tageslicht. Der Hund war extrem abgemagert. Die Rippen standen regelrecht hervor. Jeder Knochen war sichtbar.«

Der Mann hielt sich entsetzt die Hände vors Gesicht. »Wir haben ihm jeden Abend eine zusätzliche Mahlzeit gebracht«, sagte er beschämt. »Wir hätten mehr tun müssen. Wir hätten ihn nicht dort lassen dürfen.«

Der Tierheimleiter schüttelte den Kopf. »Sie sollten sich keine Vorwürfe machen. Sie haben viel für den Hund getan.«

Das Ehepaar nickte. Aber es tröstete sie nicht.

»Eins ist jedenfalls klar«, stellte der Tierheimleiter fest, »allein ist dieser Hund nicht in diese abgelegene Straße gelaufen, in der wir ihn fanden. Dazu war er gar nicht mehr in der Lage.« Er drehte sich um und sah grübelnd aus dem Fenster. »Sie sagten, Sie kennen den Namen des Schrotthändlers?«

Der Mann nickte sichtlich bewegt über das traurige Schicksal des alten Hundes. »Den Namen und die frühere Adresse können wir Ihnen geben. Aber wir wissen leider nicht, wo dieser Verbrecher jetzt steckt.«

»Das müssen wir auch nicht wissen«, sagte der Tierheimleiter zufrieden. »Darum wird sich die Polizei kümmern.« Mit einem Lächeln auf dem Gesicht wendete er sich wieder dem Ehepaar zu.

»Seien Sie nicht mehr traurig. Fussels schlechte Zeit ist vorbei. Sein Schicksal hat es noch einmal sehr gut mit ihm gemeint.« Er zog seine Schreibtischschublade auf und nahm einen Brief heraus. Ein bisschen verschmitzt sah er noch einmal kurz über seine Brille hinweg zu dem Ehepaar, das ihn erwartungsvoll ansah. Dann begann er, laut zu lesen.

Meine lieben Tierpfleger,
seit drei Tagen bin ich nun bei meiner neuen Familie. Alle sind anscheinend begeistert von mir, weil ich so ein lieber, folgsamer, anhänglicher und schmusebedürftiger Hund bin. Sogar Kater Tommy streicht mir immer um den Bart! Nur Billy knurrt noch ständig und wollte mich schon zweimal zwicken! Frauchen hat es glücklicherweise rechtzeitig gemerkt.

Ansonsten geht's mir gut. Wir gehen viel spazieren, erkunden die neue Gegend, und ich lerne nach und nach sämtliche Nachbarhunde kennen. Ich grabe manchmal ein bisschen im Garten, was Frauchen komischer Weise nicht mag. Ich schlafe tagsüber kaum, aber nachts dafür fest und lange. Am liebsten auf meiner weichen Decke im Wohnzimmer. Und ich spiele gern mit dem Tennisball im Garten, obwohl mir, zugegeben, meine alten Knochen manchmal ganz schön wehtun! Aber ich bekomme etwas dagegen, habe nur leider vergessen, wie das Zeug heißt. Auch Herztabletten bekomme ich regelmäßig.

Insgesamt kann ich für die ersten Tage nicht jammern. Ach ja, Leckerlis bekomme ich oft, weil ich so brav bin.

Viele liebe Grüße und bis bald mal wieder,
euer Opi Schneider

Der Tierheimleiter faltete den Brief zusammen und legte ihn wieder in das Schubfach.

Es war auffällig still geworden in seinem Büro. Man hätte das Herunterfallen einer Stecknadel hören können.

Erst nach einer ganzen Weile fragte der Mann leise: »Er hat wirklich noch einmal ein Zuhause gefunden, der alte Fussel?«

Der Tierheimleiter lachte. »Das hat er. Und er hätte sich kein besseres aussuchen können!«

Ergänzung:

Endlose Jahre im Abseits, in grausamer Isolation waren zu Ende.

Im Juni 2005 wurde Fussel als Fundhund in einem Tierheim aufgenommen. Zwei Monate verbrachte er in der liebevollen Obhut der Tierpfleger. Niemand hatte wirklich daran geglaubt, dass dieser alte Hund noch einmal ein Zuhause finden würde.

Aber das Schicksal geht seinen eigenen Weg.

Im August 2005 besuchte Wolf-Dieter Hirsch, Vorstandsmitglied der »Ärzte gegen Tierversuche e.V.«, das Tierheim, um vor Ort ein Informationsreferat über Tierversuche zu halten. Da sein Hund Waldschrat wenige Wochen zuvor gestorben war, wollte er die Gelegenheit nutzen und sich nach einem kleinen Nachfolger für Waldi umsehen. Während er an den Freiausläufen entlang lief, begegnete er dem alten Opi-Fussel-Schneider, der gerade in diesem Moment mit einer ehrenamtlichen Helferin von einem kleinen Rundgang zurückkehrte.

Wolf-Dieter Hirsch sah den alten Hund an.
Und als sich ihre Blicke trafen, trafen sie mitten ins Herz.

Wenige Wochen später schrieb er mir diesen Brief:

Liebe Beate...

[...] ich habe eine neue »große Liebe« gefunden. Ich entdeckte ihn zufällig, als ich eigentlich nach einem möglichst kleinen, älteren Hund Ausschau halten wollte, der unserem »Alpharüden Prinz Billy« seinen Rang nicht streitig machen würde.

Aber dann sah ich ihn: Opi Fussel Schneider, 25 Kilo schwer und 55 cm groß! Vermutlich ein Schäferhundmischling mit ein bisschen Collie. Es war Liebe auf den ersten Blick – und das offenbar auf Gegenseitigkeit! Ich ging mit ihm eine Runde spazieren und fuhr anschließend in jedem freien Augenblick ins Tierheim (ca. 45 km einfach!). Meine Frau war anfänglich schwer zu überzeugen, da sie eigentlich keinen großen Hund wollte. Heute hat Opi jedoch durch sein unvergleichlich liebes, ruhiges und völlig unproblematisches Wesen auch ihr Herz voll und ganz gewonnen und wird sogar von Prinz Billy sehr gut akzeptiert. Er knurrt nur noch, wenn etwas Essbares auf dem Tisch steht, das es unter Einsatz seines Lebens zu verteidigen gilt. Opi Fussel reagiert allerdings auf Billys Knurren nicht im Geringsten, sondern trollt sich höchstens langsam von dannen.

Tagsüber spielt unser Opa am liebsten mit einem Tennisball, genießt endlose Streichel- und Krauleinheiten oder lässt sich zusammen mit seiner Hoheit Prinz Billy im »Hundeabteil Auto« durch die Gegend chauffieren.

Nach Auskunft des älteren Ehepaares, das Opi seit vielen Jahren kennt, ist er tatsächlich 15 Jahre alt. Gestern besuchten uns die beiden und hatten vor Freude Tränen in den Augen ....

Es ist schon erstaunlich, dass Opi Fussel Schneider trotz seiner Vorgeschichte so extrem zutraulich, ruhig und lieb geblieben ist. Ja, sogar stubenrein ist er von

Anfang an gewesen. Und für sein Alter ist er, bis auf eine generalisierte Arthrose in den Hüftgelenken, leichter Altersherzbeschwerden und einer gewissen Schwerhörigkeit noch recht gut beieinander.

Kurz gesagt – Opi Fussel Schneider ist kein Hund, sondern eine Perle! Hoffentlich schenkt ihm der Himmel noch ein oder zwei Jährchen auf dieser Erde ...!

Wolf

Ehrfurcht vor dem Leben bedeutet
Abscheu vor dem Töten.

(Albert Schweitzer)

Morgenwind

Die Fensterläden des alten Forsthauses waren geschlossen. Lea saß auf einer verfallenen Bank am Rande des eingewachsenen Grundstücks und betrachtete die liebevoll geschnitzten Holzverzierungen über dem Türrahmen des Eingangs.

Hier hatte der alte Förster sein ganzes Leben verbracht.

Sie hatte ihn oft getroffen. Weit draußen in den Wäldern. Er war dann jedes Mal stehen geblieben, hatte ihr freundlich zugenickt und gesagt: »Gott zum Gruße, junge Frau!« Seinen Spazierstock hatte er währenddessen immer in seiner linken Hand gehalten, um mit der rechten die grüne Lodenkappe andeutungsweise anzuheben.

Sein Revier hatte er damals längst an einen Nachfolger abgegeben.

Aber seine Liebe zum Wald, so sagte er ihr einmal, würde er niemals abgeben. Die würde er mit in sein Grab nehmen.

Lea sah über die angrenzenden leuchtend gelben Frühlingsfelder. Am Horizont wogen sich die alten Buchen, die der Förster in jungen Jahren angepflanzt hatte. Silbergrau schienen ihre Äste durch das zartgrüne, frische Laub.

»Es ist sehr schade«, hörte sie ihn noch immer mit trauriger Stimme sagen, »dass dem heutigen Menschen die Achtung und die Ehrfurcht vor dem Leben fehlt. Der Wald ist ein großartiges Beispiel für die Gemeinsamkeit. Jedes Lebewesen im Wald, ganz gleich ob Tier, Baum oder Pflanze, lebt vom anderen oder dient dem anderen. Wenn eine Art ausstirbt, bedeutet es eine erhebliche Störung im gesamten Gefüge.«

Lea nickte für sich und wischte sich eine Träne fort.

***

»Gott zum Gruße, junge Frau! Ganz allein unterwegs, so weit draußen in den Wäldern? Haben Sie denn keine Angst?«, lachte ein alter Mann, der gemeinsam mit seinem Hund des Weges kam.

»Gott zum Gruße«, antwortete Lea. »Angst? Im Wald? An einem so friedlichen Ort? Nein! Ganz und gar nicht. Ich bin gern im Wald.«

Der alte Mann sah Lea überrascht an.

»Hast du das gehört?«, fragte er seinen Hund. »Es gibt noch jemanden außer uns, der den Wald liebt!« Der kleine Münsterländer sah seinen Herrn aufmerksam an.

»Wie heißt er?«, fragte Lea.

»Ich nenne ihn Timmy.« Der alte Mann klopfte seinem Hund liebevoll die Schulter. »Er ist ein guter Kamerad. Wir beide wohnen gemeinsam in dem Holzhaus, gleich gegenüber dem Buchenwald.«

Lea nickte.

»Ich war der Förster hier oben«, fügte er stolz hinzu, »aber Timmy ist erst später zu mir gekommen. Da war ich schon pensioniert.«

Lea wendete sich dem offensichtlich noch sehr jungen Hund zu.

»Sie denken, dass ich zu alt für ihn bin?«, fragte der Mann und Lea fühlte sich ertappt, da sie tatsächlich diesem Gedanken nachhing. Sie hockte sich zu dem Hund, um der Frage des alten Mannes vorerst auszuweichen. Aber Timmy leckte sich umgehend die Schnauze, wendete seinen Kopf ab und brummte leise vor sich hin.

»Oh bitte, seien Sie ihm deswegen nicht böse«, bat der alte Förster Lea fast entschuldigend. »Timmy meint das nicht unfreundlich. Er hat sein Vertrauen in die Menschen verloren.«

Lea stand auf und ging einen Schritt zurück.

»Aber nein, ich bin Ihrem Timmy doch nicht böse«, beruhigte Lea den alten Mann. »Ich bin niemals einem Hund böse.«

Und wieder sah er sie überrascht an.

»Dann mögen Sie Hunde?«, fragte er leise.

Lea musste lachen. »Ja. Sogar noch etwas mehr als den Wald!«

In den Augen des alten Mannes lag plötzlich ein auffälliger Glanz. »Dann hätten Sie meinen Timmy wahrscheinlich auch gerettet!«, sagte er.

»Gerettet?«, fragte Lea beunruhigt. »Was meinen Sie damit?«

»Ach, das ist eine lange Geschichte. Und eine typische zugleich. Für die Menschen, meine ich, nicht für die Tiere. Die Tiere wären niemals so.«

Der alte Förster sah traurig zu seinem Hund. »Was meinst du Timmy, ob wir ihr deine Geschichte erzählen wollen?« Die hellgrünen Augen des Hundes funkelten wie Jadesteine in der Sonne und gaben seinem Gesicht einen geheimnisvollen Ausdruck.

»Im Dorf unten«, sagte der alte Mann, nachdem er einen kurzen Augenblick nachgedacht hatte, »brachte niemand Verständnis dafür auf, dass ich sein Leben gerettet habe. Die Leute sagten, ich sei verrückt geworden hier oben in der Einsamkeit des Waldes! Das ganze Dorf war damals auf der Seite seinen früheren Herrn.«

Lea wusste in diesem Augenblick noch nicht, was für eine Geschichte der alte Mann ihr erzählen würde. Aber welche Verurteilung er durch die Menschen im Dorf erfahren musste, konnte sie sich bereits sehr gut vorstellen. Es war mittlerweile viel Zeit vergangen, seitdem sie selbst unten im Dorf gelebt hatte. Aber sie konnte sich auch nach all den Jahren noch gut daran erinnern, wie schwer es war, inmitten einer fest eingefahrenen Dorfgemeinschaft, allein gegen den Strom zu schwimmen und sich abwerten lassen zu müssen, weil man nicht wegsieht, weil einem jedes Leben kostbar ist, auch das eines Tieres.

Der alte Förster sah Lea eine ganze Weile nachdenklich an. Gestützt auf seinen Stock stand er leicht gebeugt vor ihr. Sein dichtes, weißes Haar und seine himmelblauen Augen hoben sich auffallend von seiner dunklen Haut ab.

»Haben Sie irgendwann die Zeit, einen alten Mann zu besuchen?«, fragte er plötzlich unerwartet. »Ich koche guten Kaffee und backe die besten Waffeln, die Sie je gegessen haben!«

Lea lächelte überrascht. »Eine Einladung zu Kaffee und Waffeln?«, wiederholte sie fragend, um etwas Zeit zum nachdenken zu gewinnen.

Der alte Mann nickte und stand erwartungsvoll vor ihr.

Sie sah ihn einen kurzen Moment lang an, und obwohl sie für den darauf folgenden Tag ihre Abreise zurück nach Berlin geplant hatte und ihren nächsten Satz eigentlich mit einem freundlichen ‚Es-tut-mit-leid, aber...' hätte beginnen sollen, sprudelte ein spontanes »Jederzeit!« aus ihr heraus.

Der alte Mann strahlte. »Wie wäre es dann gleich morgen? Vielleicht um drei? Das war früher bei uns immer die Kaffeezeit?«, überschlug er sich vor Freude über Leas Zusage. »Und morgen soll auch das Wetter gut sein. Ich werde draußen auf der Veranda den Tisch decken! – Ach du meine Güte«, sagte er dann plötzlich ganz aufgeregt, »ich habe mich ja noch gar nicht vorgestellt.« Er nahm seine grüne Kappe ab, verneigte sich leicht und reichte Lea die Hand. »Mein Name ist Erich von Bergen, Förster außer Dienst. Ich freue mich sehr, Ihre Bekanntschaft zu machen.«

»Ganz meinerseits, Herr von Bergen. Ich heiße Lea Bennrig.«

Der alte Mann stutzte. »Lea Bennrig?«, fragte er verwundert. – »Dann sind Sie doch eine Freundin vom Rosenhof, nicht wahr? Ach je, das nenne ich Zufall. – Dass ich Sie hier oben kennen lerne. – Der Doktor hat mir schon von Ihnen erzählt.

Er kommt hin und wieder mit frischer Milch vom Hof vorbei. Ein prima Kerl, der Hannes Petersen. Ich weiß natürlich, dass er nicht wegen der Milch kommt. Er kommt meinetwegen. Er sagt immer, die Einsamkeit hier oben wäre nicht gut für mich. Aber, ach was – das erzähle ich Ihnen alles morgen. Also, was meinen Sie, sagen wir um drei?«

Lea nickte: »Ich werde da sein, pünktlich um drei!«

***

Lea stand auf und ging um das alte Forsthaus herum. Timmys Hütte war kaum noch zu sehen. Schlingpflanzen und Kletterranken hatten sie längst unter sich vergraben.

Sie ging die Stufen zur Veranda hoch. Die alten Terrassendielen knarrten noch genauso wie früher. Gedankenverloren strich sie mit der Hand über den schweren Eichentisch. Er hatte ihn immer wunderschön gedeckt, wenn sie zu Besuch kam. Und seine Waffeln waren wohl wirklich die besten, die sie je gegessen hatte.

Lea setzte sich auf die Bank, genau auf den Platz, auf dem sie immer gesessen hatte, wenn sie den alten Förster besuchte. »Hier ist es am wärmsten, gleich hier neben dem Ofen!«, hatte er ihr stets mit einem verschmitzten Lächeln erklärt. »Er war so ein lieber, alter Mann«, flüsterte Lea und betrachtete den kleinen Kanonenofen, der noch immer in der Ecke der Veranda stand. Das Ofenrohr war mittlerweile ineinander gefallen, und der eisernen Ofenklappe hatte der Rost bereits stark zugesetzt. Der Wind trug hin und wieder den Geruch von altem Ruß durch die Luft. Aber Lea erinnerte sich noch immer an den Duft des abgelagerten Birkenholzes, mit dem der alte Förster an kühlen Abenden den kleinen Ofen stocherte. »Birkenholz ist gutes Brennholz«, hatte er ihr erklärt, »es versprüht beim Verbrennen keine Glut.«

Und Timmy hatte immer auf einer Decke neben diesem kleinen Ofen gelegen.

Auf Leas Gesicht lag ein trauriges Lächeln. Versunken in ihrer Erinnerung entdeckte sie an der Wand neben der Eingangstür die Holztafel, die der alte Förster selbst aus einem Baumstamm gearbeitet hatte. Spinnenweben versteckten die Inschrift. Aber sie hatte die Worte, die er in das Holz geschnitzt hatte, nie vergessen:

Ehrfurcht vor dem Leben bedeutet Abscheu vor dem Töten.

Sie hatte ihn damals gefragt, ob das Töten nicht auch zu den Aufgaben eines Försters gehöre. Entrüstet hatte er sie daraufhin angesehen. »Es ist es nicht richtig, was in unseren Wäldern passiert«, hatte er ihr eingehend erklärt. »Es wird behauptet, die Jagd auf Wildtiere sei erforderlich, um Schäden in der Forstwirtschaft zu vermeiden. Und es heißt, ohne Jagd würden die Wildtiere überhand nehmen. Das ist falsch! Überlegen Sie mal Frau Bennrig«, hatte er aufgebracht gesagt, »da argumentieren sie damit, selbst die Bestände regulieren zu müssen, da in unserer aufgeräumten Landschaft die natürlichen Feinde fehlen. Wer hat sie denn ausgerottet? Den Wolf und den Luchs. Aber mal ganz abgesehen davon, wie kann denn ein Mensch ernsthaft glauben, in der zu Lage sein, deren Funktion in einem Naturhaushalt zu übernehmen?«

Während Lea in ihren Gedanken noch immer der Stimme des alten Försters lauschte, tauchten hinter dem Zaun im angrenzenden Wald zwei Fuchswelpen auf, die sie umgehend zurück in die Gegenwart holten. Leise rief sie Timmy zu sich heran und hielt ihn am Halsband fest. »Psst, ganz still, keinen Ton!«

Die beiden Welpen spielten miteinander, circa einen Meter von ihrem Bau entfernt, direkt an einem flach abfallenden Graben. Sie balgten und stolperten über ihre eigenen vier Pfötchen. Erstaunt untersuchten sie gegenseitig ihre buschigen Schwänzchen, bis einer der beiden den Schwanz des anderen als brauchbare Beute ansah und mit seinem winzigen Fang so ruckartig daran zog, dass beide das Gleichgewicht verloren und den kurzen Abhang herunterrollten.

Mucksmäuschenstill beobachtete Lea dieses wunderschöne Naturschauspiel.

»Weißt du Timmy«, sagte sie nach einer Weile, »dein Herrchen hat immer gesagt, die Jungtiere sehen uns Menschen nicht von vornherein als ihre Feinde an. Jede Generation muss Jahr für Jahr aufs Neue lernen, den Menschen zu fürchten. – Die beiden dort drüben werden es hoffentlich nicht mehr lernen müssen und ohne Angst aufwachsen können.«

Der kleine Münsterländer hörte Lea aufmerksam zu, beinahe so, als würde er jedes Wort verstehen.

Liebevoll klopfte sie seine Schulter. Genauso wie der alte Förster es immer gemacht hatte.

***

»Kommen Sie herein«, rief der alte Förster voller Freude, während er das Gartentor öffnete. »Gott zum Gruße, Frau Bennrig! Willkommen im Forsthaus!«

»Guten Tag, Herr von Bergen, ich hoffe, ich bin nicht zu früh.«

»Ach je Timmy! Hörst du das! Wir zwei warten schon seit dem frühen Morgen auf unseren Besuch, nicht wahr? Wir freuen uns so, dass Sie gekommen sind.«

Timmy beachtete Lea nicht. Er drehte sich um und ging zurück zum Haus.

»Entschuldigen Sie bitte seine unhöfliche Art«, bat der alte Förster schmunzelnd, »Timmy kennt wieder einmal kein Benehmen.«

Lea musste lachen. »Das ist schon in Ordnung!«, sagte sie, während der Förster sie um das alte Forsthaus herum auf die Veranda führte. Er hatte bereits Tassen und Teller auf den massiven Holztisch gestellt und das gusseiserne Waffeleisen aufgeheizt.

»Nehmen Sie Platz, Frau Bennrig. Ich habe bereits alles vorbereitet.«

Das Forsthaus hatte eine traumhafte Lage, einsam und ruhig, weit oberhalb des Dorfes auf einem Hügel am Waldesrand. Nur ein Schotterweg führte hierauf. Es gab weit und breit keine Straßen, keine Menschen, keinen Lärm. Dafür eine märchenhafte Aussicht über die weiten Felder und Wiesen, die sich ohne Unterbrechung bis hinunter ins Tal ausdehnten. In der Ferne konnte man den Rosenhof als einen kleinen Punkt am Horizont erkennen.

Auf der anderen Seite des Hauses grenzte das Grundstück direkt an den Wald.

»Der Wald hier oben ist seit vielen Jahrzehnten Familienbesitz«, erklärte der alte Förster. »Ich dulde hier seit langem keine Jagd mehr. Ich will beweisen, dass sich die Bestände selbstständig regeln. Bei den Füchsen ist es bereits so, dass nur noch ein kleiner Teil der Fähen Nachwuchs bekommt. Sie müssen keine Verluste mehr ausgleichen, die durch ihre gnadenlose Verfolgung entstehen würden.« Der alte Mann lachte. »Tja, es heißt auch nicht umsonst ‚Schlau wie der Fuchs'. Die Burschen haben wirklich in kürzester Zeit gelernt, die Menge des Futterangebots einzuschätzen. Sie wissen längst, dass die vorhandene Nahrung nicht für eine größere Population ausreichen würde.«

Lea war erstaunt über die Gesinnung des alten Mannes. Diese beeindruckende Sicht der Dinge hatte sie nicht erwartet.

»Eine großartige Einstellung. Wirklich bewundernswert. Aber haben Sie keine Bedenken, dass zu viele Tiere den Wald auch nachhaltig schädigen könnten?«, fragte sie und nahm ihm nebenbei die Porzellankanne mit dem bereits aufgegossenen Kaffee ab. Der alte Förster schüttelte energisch den Kopf. »Aber nein, Frau Bennrig«, antwortete er, »es ist doch kein Geheimnis, dass die Jäger durch ihre massiven Fütterungen die Bestandsdichten künstlich hochhalten, und dass genau dadurch die vermeintliche Notwendigkeit zum Jagen entsteht. Die Jagd macht die Tiere scheu und zwingt sie erst in die Deckung des Waldes. Oftmals kommen sie doch deswegen erst mit den jungen Bäumen in Kontakt. Und wenn sie dann Verbissschäden angerichtet haben, werden die Rufe nach noch schärferer Bejagung noch lauter.«

Der alte Förster sah Lea entschlossen an. »Das ist doch ein Teufelskreis, unter dem die Tiere zu leiden haben.«

Lea nickte und sah herüber zu Timmy, der angespannt vor der Eingangstür saß und Lea nicht aus den Augen ließ.

»Warum ist er so misstrauisch?«, fragte Lea, um das Thema auf Timmy und seine Geschichte zu lenken.

Der alte Förster sah traurig zu seinem Hund. »Sein erstes Leben war ein schlechtes Leben«, erklärte er. »Er gehörte einem skrupellosen Mann! – Kennen Sie den großen Hof, kurz vorm Ortsausgang? Vielleicht haben Sie schon einmal von dem Namen dieser Familie gehört. Hier in dieser Gegend ist er jedem ein Begriff. Weil sie Geld und Einfluss haben. Sie heißen Weihkamp.«

Lea stockte der Atem. »Herbert Weihkamp?«, fragte sie erschrocken.

Der Förster schüttelte den Kopf. »Timmy gehörte dem Bruder. Kaspar Weihkamp, ein Jäger übelster Sorte!«

Lea hatte vor vielen Jahren die Bekanntschaft dieser Familie gemacht, und obwohl sie den Namen Weihkamp über die Jahre weitgehend aus ihrem Gedächtnis verbannt hatte, lief ihr noch immer ein kalter Schauer über den Rücken, wenn sie sich zurück erinnerte.

»Woher kennen Sie Herbert Weihkamp?«, wollte der Förster besorgt wissen. »Er ist ein Lump! Ich weiß nicht, wer der größere Halunke von den beiden ist.«

Lea nickte und sah herüber zu Timmy. Und sie musste an Melodie denken, eine kleine blinde Kettenhündin, deren Leben eine stille Verzweiflung war, und die einem Mann gehörte, dessen Familie im Dorf großes Ansehen genoss: Herbert Weihkamp!

»Sie scheinen keine guten Erinnerungen an die Familie zu haben!«, stellte der Förster besorgt fest, da Lea ihre gedankliche Abwesenheit nicht verbergen konnte.

»Nein, nein!«, beruhigte sie ihn, obwohl ihr die Erinnerung an diese Zeit noch immer schwer im Magen lag. »Machen Sie sich keine Sorgen, der Name Weihkamp erinnert mich an die Zeit, in der ich unten im Dorf gelebt habe. Es war keine gute Zeit. Aber ich hab's überwunden.«

Der alte Förster sah Lea verwundert an. »Also jetzt haben Sie mich aber neugierig gemacht!«, erklärte er, während er dieses Mal selbst den Kaffee nachschenkte. »Ich wusste ja gar nicht, dass Sie schon einmal im Dorf gewohnt haben. Davon hat mir Herr Petersen überhaupt nichts erzählt.«

Lea rieb sich die Stirn. Sie wusste nicht so recht, wo sie in diesem Zusammenhang hätte anfangen können, zu erzählen. Sollte sie ihm erzählen, dass sie vor langer Zeit unten im Dorf ein ganzes Jahr unter dem Regiment einer herrschsüchtigen Schwiegermutter gelebt hatte, vor der sie schließlich bis Berlin geflüchtet war, weil auch deren Einfluss mindestens so groß war, wie der des Herbert Weihkamps. Und sollte sie ihm sagen, dass diese gesamte Familie Weihkamp sogar befreundet war mit ihren Schwiegereltern. Oder sollte sie da anfangen zu erzählen, als sie die kleine Melodie einsam und an einer verrosteten Kette liegend, entdeckt und sie aus den Händen dieses üblen Ganoven befreit hatte.

Lea sah den alten Mann nachdenklich an.

»Einverstanden!«, lachte er überraschend, da er wohl merkte, dass es Lea schwer fiel, ihm aus dieser Zeit zu erzählen. »Bleiben wir heute erst einmal bei Timmys Geschichte. Abgemacht?«

***

Es waren viele Jahre vergangen, seitdem sie hier zusammen gesessen hatten. Timmy war mittlerweile schon ein betagter Senior geworden und fühlte sich längst auf dem Rosenhof zu Hause.

Lea überlegte, ob er sich noch an das Leben hier im Forsthaus erinnern würde. Und ob er noch wusste, dass er vor dieser Zeit einem unbarmherzigen Jäger gehört hatte, bei dem er eine gnadenlose Ausbildung durchleben musste.

»Weißt du Timmy«, sagte sie und seine wunderschönen jadefarbenen Augen funkelten ihr hell entgegen, »dein Herrchen war ein wunderbarer Mensch. Er hat sich aus Liebe zu dir von den Menschen im Dorf verurteilen lassen. Sie haben ihn gemieden, weil er sich für dein Leben eingesetzt hat. Und weil er sich gegen einen dieser Weihkamps gestellt hat.«

Auf Leas Gesicht lag ein liebevolles Lächeln. »Erich von Bergen«, dachte sie, »Förster außer Dienst!« Er hatte ihr damals angesehen, dass es ihr schwer fiel, über ihre Zeit im Dorf zu reden. Viel später erst hatte sie ihm von sich, von Melodie und von ihrem Zusammentreffen mit Herbert Weihkamp erzählt.

Lea schüttelte den Kopf. Noch immer, fast ein Jahrzehnt später, empfand sie ein Frösteln, wenn sie an diesen Mann dachte.

Im Tal konnte sie den endlos langen Dornenweg erkennen, der sich oberhalb des Dorfes in einem ausgedehnten Bogen fast um den ganzen Ort schlängelte, und über den sie damals die kleine, abgemagerte Melodie getragen hatte. Der Weg wurde von den Leuten auch heute noch Dornenweg genannt, obwohl es die Dornenhecken schon lange nicht mehr gab. Sie waren im Laufe der Jahre verdörrt und nach und nach abgeholzt worden.

Lea starrte in die Ferne.

Und sie verlor sich in einer längst vergangenen Zeit:

Noch einmal schlenderte sie gemeinsam mit ihrem Hund Riko durch den schmalen Pfad, der seinerzeit rechts und links von durchgehenden, mindestens zwei Meter hohen Dornenhecken gesäumt war.

Sie erinnerte sich an das leise Klappern einer leeren Blechschüssel und das dumpfe Rasseln einer schweren Eisenkette. Sie sah Riko vor sich, der unaufhörlich auf die Büsche starrte.

»Was war das?«, hatte sie ihn erschrocken gefragt, und gemeinsam hatten sie dann eine ganze Weile aufmerksam den unerklärbaren Geräuschen hinter den Hecken gelauscht. Bis sie nicht mehr zu hören waren und sich absolute Stille einstellte.

»Komm Riko, wir kehren um«, hatte sie entschlossen gesagt, um auf schnellstem Wege wieder aus dem unheimlichen Dornendickicht herauskommen. Aber Riko war wie angewurzelt vor den mit zigtausend Dornen durchsetzten Büschen stehen geblieben. »Auf geht's Riko, durch diese Büsche ist kein Durchkommen!«, hörte sie sich sagen, während im gleichen Moment wieder ein lautes Scheppern hinter den Büschen zu hören war. Riko war nicht mehr zu halten gewesen. Er hatte eine Stelle gefunden, an der er unbeschädigt durch die Hecke schlüpfen konnte und Lea war ihm gefolgt durch Dornen, Unterholz und Morast, bis sie auf der anderen Seite der Dornenbüsche angekommen war und auf einer Wiese stand, auf der sie bis zu den Knöcheln im Matsch versank.

Aufgeregt bellend war Riko zwischen Lea und einem alten Bretterverschlag am anderen Ende der Weide hin und hergelaufen. »Ich komme ja schon«, hatte Lea gerufen, ohne zu wissen, welches Ausmaß an menschlichem Vergehen sich ihr im nächsten Moment darbieten würde. Eine kleine hellbraune Hündin lag versteckt hinter diesem Verschlag, angekettet im Dreck. Sie duckte sich ängstlich auf den Boden, als sie Riko bemerkte und knurrte leise vor sich hin. Ihr kleiner Körper zitterte. Sie war bis auf die Knochen abgemagert. Ihr Fell war filzig und voller Parasiten. »Hab keine Angst, ich werde dir helfen«, hatte Lea ihr augenblicklich versprochen, ohne die unfassbare Situation überhaupt begriffen zu haben.

Und dann tauchte er auf. Herbert Weihkamp, ein arroganter Mann in einem so genannten Sonntagsanzug. Er trug Gummistiefel, um den wertvollen Stoff seiner Hosenbeine nicht zu beschmutzen.

»Wie sind Sie denn hierher gekommen?«, wollte er damals aufgebracht wissen. Sie hatte auf seine Frage nicht geantwortet. Stattdessen hatte sie ihn umgehend gefragt, ob er für das jammervolle Schicksal, das vor ihr auf dem vom Regen aufgeweichten Boden lag, verantwortlich sei.

Lea empfand noch immer ein Frösteln bei dem Gedanken an seine Rechtfertigung. Sie hatte im Laufe ihrer Berufsjahre viele verschiedene, traurige, herzzerreißende und auch äußerst fantasievolle Erklärungen über die unvorstellbarsten Ausführungen menschlicher Übeltaten zu hören bekommen. Aber die Antwort dieses Mannes hatte jeglicher Gleichgültigkeit die Krone aufgesetzt.

»Der Hund ist blöd, der frisst nicht und bellt nicht, meine Frau hat anderes zu tun, als dem Köter nachzulaufen!«, hatte er den erbärmlichen Zustand der kleinen Hündin gerechtfertigt.

Lea erinnerte sich gut an ihr maßloses Entsetzen, das sie diesem Mann damals gern mit voller Wucht an sein weißes, glatt gebügeltes Sonntagshemd geschleudert hätte. Und es tat ihr noch heute leid, dass ihr damals die Worte dazu fehlten.

Herbert Weihkamp, ein Mann mit Geld und Ansehen, dachte Lea und sah ihn wieder vor sich, wie er den Haferbrei, den er in einem Eimer mitgebracht hatte, in die verrostete Blechschüssel schüttete und mit seinem Fuß der Hündin entgegen schob.

Teilnahmslos war sie liegen geblieben.

»Sehen Sie, sie frisst nicht. Da kann man nichts machen!«, waren seine Worte, ohne auch nur die kleinste Regung von Sorge zu zeigen. »Eigentlich brauch ich mir die Mühe gar nicht machen. Laufend bringe ich das Zeug hier raus und fressen tun es sowieso nur die Katzen.«

»Warum lassen Sie die Hündin hier draußen in der Einsamkeit? Warum lebt sie nicht bei Ihnen zu Hause?«, hatte Lea ihn gefragt, in der Hoffnung, die Lebensumstände der Hündin durch die Einsicht des Mannes verändern zu können.

»Bei mir, auf dem Hof?«, war seine Antwort gewesen, und er hatte Lea dabei angesehen, als käme sie von einem anderen Planeten. »Bei mir auf dem Hof, da brauche ich einen Wachhund und nicht so eine Mimose.«

Die kleine Hündin hatte während der ganzen Zeit nur dagelegen, abwartend, zitternd, geduckt.

»Sie wird sterben, wenn Sie sie hier draußen lassen!«, hatte Lea versucht ihm klarzumachen. »Die Hündin leidet extrem unter der Einsamkeit.«

Daraufhin hatte er laut und schäbig losgelacht. »Einsam! Ha, dass ich nicht lache. Ein Viech, einsam, Mann oh Mann, wenn das einer hört. So ein Blödsinn!«, widerlich schallend hatte er weitergelacht, während er ohne Kommentar über die vom Regen aufgeweichte Wiese, zum Auto gestapft war.

»Wissen Sie was?«, hatte er Lea noch aus dem Auto zugerufen, nachdem er sich von seiner Lachattacke erholt hatte, »ich mach Ihnen einen Vorschlag, nehmen Sie den Köter mit. Machen Sie damit, was Sie wollen. Mir tun Sie damit nur einen Gefallen.«

Es war mittlerweile kühl geworden auf der Veranda des alten Forsthauses. Die Sonne versteckte sich bereits hinter den silbergrauen Buchenhallen jenseits der gelben Rapsfelder.

Lea beobachtete Timmy, wie er friedlich neben dem kleinen Ofen lag und vor sich hin schlummerte.

Sie war froh, Herbert Weihkamp den Gefallen damals getan zu haben.

***

»Kommen Sie, Lea«, sagte der alte Förster, nachdem sie gemeinsam den Kaffeetisch abgeräumt hatten, »lassen Sie uns einen Spaziergang mit Timmy machen. Ich werde Ihnen den kleinen Waldsee zeigen, oberhalb meines Grundes! Dort oben hat sich alles abgespielt. Ich kam gerade noch rechtzeitig, um das Schlimmste zu verhindern. Timmy hatte an diesem Tag schon ein Martyrium hinter sich. Als ich dort oben ankam, lag er blutüberströmt vor diesem Kaspar Weihkamp.«

Lea sah den Förster erschrocken an. Und sie zweifelte plötzlich daran, ob sie seine Geschichte wirklich hören wollte. Sie kannte die Skrupellosigkeit dieser Menschen, und mit einemmal hatte sie Angst davor, erneut mit der Grausamkeit eines Weihkamps konfrontiert zu werden.

»Er hat ihn doch nicht etwa geschlagen?«, fragte sie entsetzt. »Wieso lag Timmy blutend da?«

Aber der alte Förster schüttelte nur den Kopf und legte Timmy geduldig sein Halsband um.

»Wissen Sie«, sagte er, »ich muss etwas ausholen, um Ihnen zu erklären, was da oben im Wald passiert war.« Er nahm seine Schlüssel vom Haken und zog die Eingangstür ins Schloss. »Hierzulande«, erklärte er Lea, während sie gemeinsam das Grundstück verließen, »ist es immer noch üblich, einen Jagdhund an lebenden Enten auszubilden. Die armen Tiere werden im Schilf des Gewässers ausgesetzt, um vom Hund aufgestöbert und aufs offene Wasser vor die Flinte des Jägers getrieben zu werden.«

Lea schauderte es.

»Ja«, meinte der alte Förster, da er merkte, wie bestürzt Lea über diese Tatsache war, »als Gemeinheit würde das selbstverständlich schon reichen. Aber der Mensch lässt sich ja weit mehr einfallen. – Damit die Enten nicht entkommen können, werden zuvor die Schwungfedern ihrer Flügel gestutzt. Manche Jäger verkleben auch die Flügel oder stülpen ihnen Papiermanschetten über. In keinem Fall können sie flüchten. In der Regel versuchen sie dann durch wildes Flügelschlagen, schnelles Schwimmen oder Tauchen dem Hund zu entkommen. Sie haben überhaupt keine Chance und erleiden Todesängste.«

Lea war außer sich. Fassungslos schüttelte sie den Kopf. Sie war lange genug Tierschützerin, um zu wissen, dass die Menschen schonungslos mit den Tieren umgehen und kein Erbarmen kennen, wenn es um ihren eigenen Vorteil geht. Aber sie hatte sich nie daran gewöhnen können, immer wieder neuen Grausamkeiten gegenüber zu stehen. Immer wieder von neuen Gemeinheiten zu erfahren. Gemeinheiten, die keineswegs hinter verschlossenen Türen gehandelt werden. Sondern ganz offiziell und öffentlich ausgeführt werden können, weil es niemanden kümmert. Wer interessiert sich schließlich schon dafür, wie Jagdhunde ausgebildet werden. Wer will schon wissen, dass sie zum Erlernen der Spurarbeit tausende von Feldhasen durch die Reviere hetzen müssen. Dass Jungfüchse in ihrem Bau in Panik geraten und massive Verletzungen erleiden, weil die Hunde auf deren Kosten zur »Baujagd« ausgebildet werden. Und wer würde einem schon glauben, wenn man ihm erzählt, dass es noch immer vorkommt, dass Jagdhunde eine Auszeichnung bekommen, die sie als besonders mutig und unerschrocken ausweist, wenn sie »aus Versehen« eine Katze erwischt haben. Und wen wird es schon interessieren, ob Enten bei ihren sinnlosen Fluchtversuchen Todesängste erleiden oder nicht.

Lea fühlte sich wieder einmal gefangen. Gefangen in einem regelrechten Taumel aus Hilflosigkeit, Beschämung und Entsetzen.

Und sie ahnte bereits, dass Timmys Geschichte ihr Bild vom Menschen nicht verbessern würde.

»Nun«, führte der alte Förster seine Erzählung fort, »Timmy sollte an diesem Tag vorführen, was er während seiner Ausbildung gelernt hatte. Er sollte die Enten aufs Wasser treiben, damit Weihkamp, dieser Mistkerl, sie vor seinesgleichen abschießen konnte. Aber Timmy war wie immer in der Gegenwart seines Herrn völlig blockiert. Er konnte sich vor lauter Angst auf kein einziges Kommando konzentrieren. Ich hatte das schon lange zuvor immer wieder beobachtet. Timmy kroch regelrecht über den Boden, wenn der Weihkamp ihn nur ansah. Er fürchtete sich maßlos vor der rohen Gewalt dieses Mannes. Ich habe mit meinen eigenen Augen gesehen, wie er auf Timmy einprügelte. Wie er ihm mit seinem Stiefel in den Brustkorb trat, weil er auf das Kommando >Voraus< nicht schnell genug loslief.«

Der alte Förster blieb einen Moment lang stehen. Er stütze sich mit beiden Händen auf seinen Spazierstock.

»Und wenn er auf seinen Pfiff nicht wie ein Blitz zurück gelaufen kam, löste Weihkamp über eine Fernbedienung am Halsband des Hundes einen elektrischen Schlag aus. Ich höre Timmys Schreien noch heute, als der Stromschlag durch seinen Körper fuhr.«

Der alte Förster sah Lea an.

»Wie oft habe ich den Weihkamp zur Rede gestellt? Aber er hat nichts darum gegeben. Er hat mich überhaupt nicht für voll genommen. Er drohte mir jedes Mal und schickte mich davon. Ich bin immer gegangen. Was blieb mir anderes übrig. Er ist gewalttätig Schwächeren gegenüber. Ich wäre dem Kerl nicht gewachsen gewesen. Ich musste Timmy immer wieder seinem bitteren Schicksal überlassen. Sein Schreien, Frau Bennrig, das können Sie mir glauben, sein Schreien hat mich immer bis in die Nächte hinein verfolgt.«

Lea beobachtete Timmy. Mit erhobener Rute lief er ohne Leine am Wegesrand voraus. Die Nase immer auf dem Boden. Jede Spur wurde interessiert aufgenommen und verarbeitet. Aber den Weg verließ er nicht. Hin und wieder schaute er zurück zu seinem Freund, dem alten Förster. Wenn sich ihre Blicke trafen, legte er ganz kurz die Ohren zurück und deutete ein leichtes Wedeln an. Beinahe hätte man ein Lächeln auf seinem wunderschönen Gesicht erkennen können.

Erich von Bergen wischte sich mit einem Taschentuch die Stirn. Der ständig ansteigende Weg strengte ihn an.
»Wollen wir lieber umkehren?«, fragte Lea besorgt, aber der Förster schüttelte den Kopf und setzte seinen Weg unbeirrt fort. Mit bedrückter Stimme sagte er unsicher: »Ich hoffe, Sie werden mich verstehen, wenn ich Ihnen jetzt erzähle, was ich getan habe. Und wenn Sie meine Vorgehensweise doch verurteilen, dann seien Sie ehrlich zu mir!«
Lea nickte. Aber sie war sich ganz sicher, dass sie jedes Tun verstehen würde, das ein hilfloses Geschöpf aus den Fängen dieser Leute erlöst.
»An dem Tag, als ich Timmy endlich aus diesen Händen befreit habe, war ich vorbereitet auf ein Zusammentreffen mit Kaspar Weihkamp. Ich habe mich früh am Morgen absichtlich auf den Weg zum See gemacht. Ich hatte im Dorf davon gehört, dass die Weihkamps für diesen Morgen eine so genannte Jagdgesellschaft geladen hatten, um Wasservögel zu schießen. Auch eine barbarische Angelegenheit. In Jägerkreisen gilt es nämlich als »waidgerecht« einzelne Enten als Lockvögel in Schussentfernung des Jägers festzubinden, damit sich ihre Artgenossen in ihrer Nähe niederlassen. Üblicherweise geschieht der Abschuss durch Schrotkugeln. Durch die Streuwirkung werden längst nicht alle Tiere sofort getötet. Viele verenden erst wesentlich später an den Schussverletzungen. Irgendwo zurückgezogen im Dickicht gehen sie jämmerlich zugrunde.«
Der alte Förster sah Lea aufgeregt an. »Entschuldigen Sie, wenn ich ständig vom Thema abkomme, aber es ist so erbärmlich, wie der Mensch mit seinen Mitgeschöpfen umgeht.«

Lea nickte. »Wie ging es also weiter?«, fragte sie.

»Ich war an dem Tag fest entschlossen, mich nicht wieder von diesem Menschen davon schicken zu lassen, wie ein dummer Junge. Ich habe mein Gewehr mitgenommen. Es war natürlich nicht geladen. Aber ich wollte ihn damit bedrohen. Ich wollte mich nicht mehr von ihm zwingen lassen, zusehen zu müssen, wie er sich an diesem wehrlosen Hund vergreift. – Ich kam zu spät. Zunächst konnte ich nur vermuten, was zuvor passiert war. Erst lange Zeit später habe ich dann durch einen Zufall erfahren, was sich wirklich abgespielt hatte. Timmy hatte sich aus Angst vor den vielen Schüssen im Schilfgras verkrochen und keine einzige Ente aufs Wasser hinausgetrieben. Er hatte sich in der Nähe eines angebundenen Lockvogels versteckt. Dadurch ließen sich natürlich auch keine anderen Enten in Schussweite der Jäger nieder. Und damit war der Weihkamp vor seinesgleichen blamiert. In seiner Wut hat er seine Flinte aufs Dickicht gehalten, um Timmy daraus zu jagen. Dabei hat er ihm seinen linken Vorderlauf mit einer Schrotladung zerschossen.«

Der alte Förster wischte sich wieder mit einem Taschentuch durch sein Gesicht. »Es sind die Pollen!«, meinte er, um seine Tränen zu erklären und Lea nickte verständnisvoll.

Eine Weile gingen sie dann schweigend weiter. Die Erinnerung an diesen Tag setzte dem alten Mann noch immer sichtlich zu.

Erst als sie den See erreicht hatten, erzählte er weiter.

»Dort drüben«, sagte er und zeigte auf die Stelle, an der Timmy blutend vor seinem Herrn lag, »dort drüben lag er. Als ich hier ankam, genau hier, wo wir jetzt stehen, sah ich, dass Weihkamp den Gewehrlauf auf Timmy gerichtet hatte. Er wollte ihn wegen seines zerfetzten Vorderlaufs erschießen. Ich schrie los, er sollte sofort den Lauf hochziehen. Aber wie immer lachte er nur schäbig, und ich hörte, wie er sagte, der Köter habe ohnehin nicht zur Jagd getaugt. Es wäre nicht schade drum.«

Der alte Förster sah Lea regungslos an. Er stand ganz ruhig da. »Mir blieb keine Zeit zum Nachdenken, Frau Bennrig. Ich zog mein Gewehr von der Schulter und richtete es auf Kaspar Weihkamp. Ich habe ihm zugerufen, ich wüsste nicht, was ich täte, wenn er den Hund erschießt.«

Lea schluckte. »Und?«, fragte sie wortkarg und durchaus etwas sprachlos. »Was dann?«

Der alte Förster zog die Schultern an. »Von da an hieß es im Dorf, ich sei gemeingefährlich, und mir wäre das Leben im Wald zu Kopf gestiegen. Seither gehen die Leute im Dorf grußlos an mir vorüber. Mir ist klar, dass Kaspar Weihkamp dafür gesorgt hat.«

Der alte Förster hatte einem acht Monate alten Hund das Leben gerettet. Er hatte ihn unter Einsatz seiner eigenen Sicherheit vor dem Todesschuss seines brutalen Besitzers bewahrt und wurde dafür von den Menschen, in deren Mitte er sein ganzes Leben verbracht hatte, verurteilt.

Verurteilt, weil seine Werte andere waren, als Ansehen, Macht und Reichtum. Verurteilt, weil ihm das Leben eines Hundes wertvoll war.

Lea sah den alten Mann mitleidig an. Aber auf seinem Gesicht lag weder Enttäuschung noch Bitterkeit, sondern Güte und eine seltsame Zufriedenheit.

»Er hat Timmy liegen gelassen und ist gegangen. Im Weggehen hat er mir seine Rache geschworen. Aber seine Wortwahl möchte ich jetzt nicht wiederholen.«

Der alte Förster schmunzelte: »Ich bin schließlich von altem Adel und weiß sehr wohl, was mir der Anstand gebietet.«

Lea lächelte und nickte. Ihr fehlten noch immer die Worte, um ihm endlich zu sagen, wie viel Achtung sie vor ihm und seinem couragierten Einsatz hatte.

»Sie sind doch schockiert über meine Handlungsweise?«, fragte der Förster schließlich unsicher. »Mir ist durchaus bewusst, dass man Gewalt nicht mit Gewalt begegnen sollte, aber in diesem Fall hatte ich keine andere Wahl.«

Lea hätte den alten Mann in diesem Augenblick am liebsten ganz fest in ihre Arme geschlossen. Aber stattdessen reichte sie ihm ihre Hand und sagte: »Erich von Bergen, Sie sind einer der größten Tierschützer, die mir je begegnet sind. Was Sie getan haben, war mutig und bewundernswert.«

Der alte Förster sah Lea stolz aus seinen gütigen Augen an. Gestützt auf seinen Spazierstock stand er da und lächelte. Und eine Träne rollte über sein altes Gesicht.

***

Lea hatte die Zeit vergessen. Die Sonne war mittlerweile untergegangen, und noch immer saß sie sinnend auf der verwitterten Veranda ihres alten Freundes Erich von Bergen.

Wie gern würde sie sein Zuhause als eine Erinnerung an ihn erhalten. Er hatte es ein Leben lang geliebt. Aber sein Sohn würde es vermutlich bald abreißen lassen, um das Grundstück zu verkaufen.

Nur gut, dachte Lea, dass der alte Förster seinen Wald noch in weiser Voraussicht an einen Nachfolger verkauft hatte, der sein Lebenswerk achtete und fortsetzte.

Lea sah in Timmys grau gewordenes Gesicht. Er hatte mittlerweile ausgeschlafen, und seine leuchtend grünen Augen blinzelten in die Abenddämmerung.

»Was wäre nur aus dir geworden, wenn wir uns damals nicht getroffen hätten?«, flüsterte Lea ihm nachdenklich zu.

»Er wäre trotzdem bei uns auf dem Rosenhof gelandet! Was denn sonst?«, antwortete eine Stimme überraschend aus dem Hintergrund.

Erschrocken drehte Lea sich um.

»Hannes Petersen! Was machst du denn hier? Musstest du mich so erschrecken!«

»Na du bist gut! Schau mal auf deine Uhr. Was meinst du, wer hier wen erschreckt hat. Es wird gleich dunkel. Ich habe mir Sorgen gemacht.«

Timmy sprang auf und lief Hannes freudig entgegen. Er wedelte und hüpfte überglücklich an ihm hoch. »Ist ja gut, mein Junge, wir fahren jetzt nach Hause.«

»Wir fahren?«, fragte Lea mit leicht verhaltenem Unterton, »bist du etwa mit dem Wagen durch den Wald gekommen?«

»Lea, wir sind hier nicht in Berlin. – Es wird in einer halben Stunde stockfinster hier draußen sein«, antwortete er ihr. »Und Straßenlampen gibt es hier nicht«, fügte er scherzhaft hinzu und hielt ihr seine Hand entgegen. »Wollen wir?«, fragte er noch einmal, während Timmy bereits aufgeregt wedelnd vor der Ladefläche des Jeeps saß.

»Sag mal Hannes«, meinte Lea ohne auf seine Eile einzugehen, »weißt du eigentlich, was aus den Weihkamp-Brüdern geworden ist?«

Hannes sah sie fragend an und nickte. »Ja, natürlich. Ein Landtierarzt weiß in dieser Gegend alles. Habe ich dir das damals denn nicht erzählt?«

Lea schüttelte den Kopf und wartete.

»Der Kaspar Weihkamp hatte vor Jahren einen Unfall, ziemlich böse. Ein Autofahrer hatte ihn im Nebel nicht gesehen. Man hat ihm beide Beine abgenommen. Er sitzt heute im Rollstuhl.«

»Wie bitte?«, fragte Lea, »das ist ja unglaublich! Und der andere? Der Bruder? Treibt der noch immer sein Unwesen?«

Hannes zog die Schultern hoch. »Dass kann schon sein, aber nicht mehr unten im Dorf. Der ehrenwerte Bürger war nämlich gar nicht so ehrenwert. Er hat jede Menge Gelder veruntreut. Und du wirst nicht glauben wofür.«

»Mach's nicht so spannend, Hannes. Wofür denn?«

»Er hat gespielt. Karten gespielt. Stell dir mal vor, der hat zum Ende sogar den gesamten Hof verspielt.«

»Hannes, du bindest mir doch einen Bären auf!«, sagte Lea ungläubig. »Der war doch stinkreich.«

Aber Hannes schüttelte den Kopf. »Der Hof unten im Dorf gehört schon lange keinem Weihkamp mehr! – Aber jetzt komm bitte, diese Leute gehören doch längst ins letzte Jahrhundert. Und aus deinen Gedanken solltest du sie auch endlich streichen.«

Lea nickte. »Sofort Hannes, nur noch eine Frage: Du hast Erich von Bergen und Timmy doch damals, als der Weihkamp ihn angeschossen hatte, vom See hinunter in die Praxis gefahren. Wieso warst du an einem so frühen Morgen eigentlich da draußen? Das war doch kein Zufall, oder?«

Hannes setzte sich geduldig zu Lea auf die Bank. Er legte seinen Arm um ihre Schulter und sah sie liebevoll an: »Lea, warst du es nicht, die mir in den letzten Jahren immer wieder erzählt hat, dass es auf dieser Welt keine Zufälle gibt?«

Lea lächelte und nickte.

Sie stand auf und sah noch einmal durch die schmalen Spalten der verschlossenen Fensterläden ins Innere des Hauses. Martin von Bergen hatte das Haus seines Vaters bereits vor vielen Jahren ausräumen lassen. Er war ein kalter, gefühlloser Mensch. Er hatte Lea am Sterbebett seines Vaters gefragt, ob sie irgendetwas als Erinnerung an ihn haben möchte, bevor er den Entrümplungsdienst beauftragt.

Lea erinnerte sich an das schwache Lächeln des alten Mannes, als sie daraufhin seine Hand genommen und seinem Sohn erklärt hatte, sie habe bereits ein großes Andenken an ihn.

Kraftlos hatte der alte Mann ihre Hand gedrückt und ihr leise zugeflüstert: »Bleiben Sie bei ihm, bis er sich auf dem Rosenhof gewöhnt hat. Und gehen Sie hin und wieder früh morgens mit ihm in den Wald. Er liebt den Morgenwind genau so sehr wie ich.«

»So sehr mich das Problem des Elends in der Welt beschäftigt,
so verlor ich mich doch nie im Grübeln darüber,
sondern hielt mich an dem Gedanken,
dass es jedem von uns verliehen sei,
etwas von diesem Elend zum Aufhören zu bringen.«

(Albert Schweitzer)

Schlusswort

Ich bedanke mich für Beistand, Mitwirken und Zutun aller, die gemeinsam mit mir zur Verwirklichung dieses Buchprojektes beigetragen haben.

Mein besonderer Dank gilt:

Meinem Mann, Ingo Rost, der viele Stunden von seiner wenigen, freien Zeit in die Gestaltung des Covers investiert hat, und ohne den es den wunderschönen Titel »Morgenwind« nicht gäbe.

Christiane Gezeck, die mir geduldig von der ersten bis zur letzten Zeile mit ihrem Rat und ihrer Intuition in Freundschaft zur Seite stand.

Ingrid Runde, ohne deren Unterstützung ich mir das Schreiben gar nicht mehr vorstellen könnte. Sie hat mich in meiner Arbeit ermutigt und bestärkt und mir die mühevolle Aufgabe des Korrekturlesens abgenommen.

Meinen Leserinnen und Lesern, die meinen Geschichten bis zum Schluss gefolgt sind und Anteil genommen haben, sowohl an der vermeintlichen Ausweglosigkeit, als auch an der Rettung aus Elend und Not. Und die mich durch den Kauf dieses Buches unterstützt haben, denen helfen zu können, die hilflos sind: Den Tieren in unseren Tierheimen!

Ihnen allen möchte ich am Ende meines Buches nun noch eines sagen:

Nur, wenn wir unser Bewusstsein über das vorhandene Leid nicht ausschalten, und nur, wenn wir offen genug sind, uns immer wieder auf das Wagnis der unvoreingenommenen Liebe, der Liebe zu einem Tier, einzulassen und mutig genug, sie zu verteidigen und für sie einzustehen, werden wir uns für den Schutz und die Rechte unserer Tiere einsetzen können.

Ihr Klagen und Weinen darf uns nicht gleichgültig sein, auch dann nicht, wenn wir es nicht unmittelbar hören.

Nur dann können wir etwas ändern. Nur dann können wir zur Rettung beitragen.

Beate Rost, im November 2005

Lernen Sie Beate Rost (Jahrgang 1965, seit 1992 in Berlin lebend) und ihr Buch »Endstation Hoffnung« kennen:

Schon als junge Frau von nicht einmal 20 Jahren verfiel Beate Rost dem Tierschutz. Ein Praktikum in einem kleinen Tierheim in ihrer Heimat Nordrhein-Westfalen stellte die Weichen für ihren weiteren Lebensweg! Als sie einige Jahre später das Angebot bekam, die Tierheimleitung zu übernehmen, stand endgültig fest: Ihre Kraft und ihre Energie gehören dem Tierschutz. Das ist bis heute so geblieben, und täglich wirkt sie an großen wie kleinen Tierschutzprojekten mit, engagiert sich, wo sie kann und wo immer sie gebraucht wird.

»Tierschutz muss nicht zwangsläufig bedeuten, sich einer Organisation, einem Verband oder Verein anzuschließen. Tierschutz beginnt im Kleinen, indem ich mich mit sehenden Augen, helfenden Händen und offenem Herzen für die Hilfesuchenden und Verlassenen einsetze, wann und wo immer sie mir begegnen.«

In ihrem Buch »Endstation Hoffnung« beschreibt Beate Rost in zwölf unterhaltsamen Kurzgeschichten, wie viele unterschiedliche Facetten sich hinter dem Wort Tierschutz verbergen können, und wie vielfältig die Möglichkeiten für jeden Einzelnen sind, zu helfen.

Die Autorin lädt den Leser ein, am Alltag einer Tierheimleiterin teilzuhaben, die sich für das Leben eines abgeschobenen, dreizehnjährigen Pudels einsetzt, die einen kleinen Mischling aus den Händen zweier Alkoholiker zu befreien versucht, und die einen Schäfer davon abhalten will, einen jungen Hund zu erschießen. Sie erzählt von Hasso, einem stolzen Wachhund, der treu seinem gleichgültigen Herrn dient und von Lenni, der einsam in einem polnischen Tierheim wartet. Sie schildert das tragische Schicksal einer kleinen blinden Kettenhündin, die auf einem abgelegenen Grundstück ihr Dasein fristet. Und sie lässt eine ausgesetzte Hündin, die wochenlang einsam und hilflos durch die Straßen Berlins lief, selbst erzählen von ihren Empfindungen, ihren Ängsten, ihren Erlebnissen. Nicht zuletzt stellt sie dem Leser einen Berliner Tierarzt vor, dessen Leben von zwei sechs Wochen alten Welpen, die auf einer Bauschuttdeponie entsorgt wurden, in bedeutender Weise beeinflusst wurde.

Lassen Sie sich entführen in die Welt von Melodie, Aika, Sandy und all den anderen, lassen Sie sich berühren von ihren Schicksalen, ihrem Leid und ihrer Hilfsbedürftigkeit, genauso wie von ihrer Rettung aus Elend und Not, die eben manchmal - denn auch das heißt Tierschutz in seiner schönsten Form - auch den Beginn eines neuen, unbeschwerten Lebens in Liebe, Sicherheit und Geborgenheit bedeutet.

Das Buch (204 Seiten), dessen Reinerlös zu 100% dem Tierschutz zugute kommt, ist zu bestellen:
E-Mail: beate.rost@t-online.de – Internet: www.beate-rost.de

Unterstützen Sie unsere Arbeit
im
Tierheim Paderborn

Helfen Sie dem Verein „Tiere in Not e.V.“!

Denn nur durch Ihre Spende können wir:

- ausgesetzte oder abgeschobene Tiere aufnehmen, vorübergehend versorgen und sie dann aus unserer Obhut in ein neues Zuhause vermitteln
- kranke Tiere tierärztlich versorgen lassen
- alten, nicht mehr vermittelbaren, Tieren ein sicheres Zuhause im Tierheim bieten, bis an ihr Lebensende
- durchschnittlich 1200 Tiere im Jahr füttern, pflegen und kastrieren
- jährlich unzählige frei lebende Katzen kastrieren lassen
- vielen Kettenhunden zu einer besseren Haltung verhelfen
- gemeldeten Tierquälereien nachgehen und diese anzeigen
- die Mitarbeiter bezahlen, die sich tagtäglich um das Wohl unserer Schützlinge kümmern
- verletzte Wildtiere in qualifizierten Pflegestellen betreuen

Der alleinige Träger des Tierheims in Paderborn ist der Tierschutzverein **„Tiere in Not e.V.“**!
Gegründet wurde der Verein 1982. Er besteht heute aus ca. 400 Mitgliedern. Das Tierheim öffnete erstmals am 1.6.1985 seine Pforten und bietet heute im Monatsdurchschnitt 40 Hunden, 50 Katzen und 20 Kleintieren ein vorübergehendes Zuhause.
Im Tierheim Paderborn wird kein Tier aus nicht medizinischen Gründen eingeschläfert. Jedes Tier bleibt bis zur Vermittlung, im traurigsten Fall bis zu seinem Lebensende, in der Obhut der Paderborner Tierschützer.

Helfen Sie denen zu helfen, die hilflos sind!

Helfen Sie den Tieren im Tierheim Paderborn durch Ihre Spende!

Werden Sie Mitglied oder übernehmen Sie eine Patenschaft für ein schwer oder nicht vermittelbares Tier!

Rufen Sie uns an oder schreiben Sie uns! Ganz unverbindlich werden wir Ihnen alle Fragen zu Mitglied- oder Patenschaften beantworten.

Tierheim Paderborn
Hermann-Löns-Str. 72
33104 Paderborn-Schloss Neuhaus
Tel.: 05254/12355
Internet: www.tierheim-paderborn.de
eMail: info@tierheim-paderborn.de
1. Vorsitzende: Gabriele Votsmeier, Tel.:05258/3605

Spendenkonten:
Sparkasse Paderborn, Konto 19 001 304, BLZ 472 501 01
Volksbank Paderborn, Konto 9 065 528 800, BLZ 472 601 21
Mindestbeiträge:
Mitgliedschaft: ab 5 Euro monatlich oder 20,45 Euro jährlich;
Patenschaft: ab 5 Euro monatlich oder 60 Euro jährlich;
Alle Spenden sind steuerlich absetzbar!